# 結界師の一輪華２

クレハ

角川文庫
23334

目次

# プロローグ

術者協会。

柱石を護《まも》る五つの家により作られた協会は国内にいくつかの支部がある。

協会の本部は一《いち》ノ宮《みや》の管轄内に存在しているが、そこは一ノ宮本家以上に厳重な警備がされており、一般人はもちろんのこと、術者として登録をしていない者にとってはなかなか足を踏み入れることのできない場所だ。

そこには公には外に出せない呪具《じゅぐ》などが保管されていた。

五家にはそれぞれ得意とする分野がある。

呪具などの道具製造を得意とする二条院《にじょういん》。

守りを得意とする三光楼《さんこうろう》。

攻撃を得意とする四ツ門《よかど》。

呪いを得意とする五葉木《ごようぎ》。

ちなみに一ノ宮はオールラウンダーだ。

同じ五家とくくられていても、強い術者を多く抱え込んでいる一ノ宮の家は他家よりも発言力が強かった。

それ故、一ノ宮の管轄内に術者協会本部が置かれ、本部には二条院が作った危険な呪具などが保管されているのだ。

ただ一ノ宮の管轄内とはいえ、協会は五家によって作られたものだ。

その管理は五家によってなされており、すべての支部をまとめる本部にはどこよりも強固なセキュリティーが施されていた。

それは二条院が作った呪具を護るという意味でも特別厳しくされていたのだ。それなのに……。

ある日、協会本部に侵入者があった。

どうやって厳重な守りを突破したかは分からない。

けれど、侵入者を知らせる警報が本部内に響き渡り、本部にいた術者達は右往左往しながら侵入者を探す。

「どこだ！　どこに行った⁉」

「監視カメラはどうした？」

「出入り口を閉じるんだ！」

「先に機密保管庫を確認しろ！」

怒声が響き渡る中、術者達は本部の中で最も重要とされている保管庫に向けて走った。

しかし、複数の術者がそこにたどり着いた時には、本来なら厳重に閉じられているはずの保管庫の扉が開いていたのだ。

顔を青ざめさせる面々。

まだ中に侵入者がいるかもしれないと、応援を呼び、警戒しながら保管庫の中を確認する。

しかし、そこには不審者の影はなかった。

一見するとなにも盗まれていないように見えたが、一つ一つ確認していくと、いくつかの呪具が消えていた。

最悪なことに、呪具の中でも特に危険とされていた呪具ばかりが。

盗《と》られたものは特に慎重に管理されていた呪具だったのだが、荒らされた形跡はなく、まるで置いてある場所を知っていたかのように他の呪具には目もくれず、それらだけを奪い去っていったようだった。

「なんてことだ……」

「よりによって呪具が盗まれるなど大失態だ」

「いったいどうやって盗んだんだ？」

駆け付けた術者達は困惑したまま立ち尽くす。

「こうしてる場合ではない」

「ああ、すぐに五家の当主にお知らせするんだ！」

「まだそう遠くには行っていないはずだ！　人員を投入して侵入者を探せ！」

我に返った術者達は、各々がやるべきことをすべく行動に移す。

しかし、呪具を盗んだ侵入者を見つけることはできなかった。

その時、保管庫を調べていた術者の一人がなにかを見つけ、手に取る。

それはある模様が描かれたボタンだった。

# 一　章

一瀬《いちせ》家の屋敷は最近ピリピリとした空気に包まれていた。

それというのも、一瀬家の次女の華《はな》が本家である一ノ宮家の当主の妻に選ばれてしまったからである。

これまで優秀な双子の姉葉月《はづき》と散々比べ、『姉の出涸《でが》らし』『残りカス』と目も向けなかった落ちこぼれだったのに、期待を一身に背負う葉月を差し置いて当主の妻になった。

一瀬家の両親は信じられない思いと同時に、いつの間に当主と知り合っていたのかと華に対し憎らしさが湧いた。

なにより気に食わないのは、華が一瀬家を一切無視し続けていることだ。

当主の妻となったのなら、その恩恵を実家に与えてもいいだろうに、当主の妻を輩出した家でありながら、一瀬家は相変わらず分家の中での地位は低いまま。

それが両親は我慢ならなかった。

華との接触を図ろうと一ノ宮本家に行くも、門前払いを食らう始末。

当主である朔《さく》により、華との面会には制限がかけられているとかなんとか。

自分達は華の両親だというのに、結婚が決まった時ですら口を挟む隙はなく、会うこともままならないことに憤慨したが、取り合ってはもらえない。

「あなた、華に送った手紙はどうでした？」

「封も開けられずそのまま戻ってきた」

「まあ！　なんてこと」

「くそっ！　華の奴め、どうしてあんな風に育ったんだ。双子でも葉月は親の言うことを聞くいい子だというのに。やはり葉月の方が当主の妻に相応《ふさわ》しかったんだ。それなのにあの落ちこぼれがっ！」

これまで華を蔑《ないがし》ろにしておきながら、あんまりな話だ。

もしも両親が華を大切に扱っていたなら華も両親に話していただろうし、言われるまでもなく一瀬家を大事にしただろう。

恩恵を与えられ、分家の中でも発言力を増したはずだ。

しかし現実は真逆。

華を顧みなかったことで、むしろ姉ばかりに目を向けていたと嘲笑《ちょうしょう》される日々。

「もっと次女を可愛がっていたらよかったですな」と馬鹿にするような笑いを押し殺

しながらそんなことを言ったのは、一瀬家と変わらぬ発言力の弱い分家の者だ。

ついでに、「長女には相当教育に力を入れていたというのに無駄になりましたな」などと付け加えて、葉月を通して長女ばかりに期待を寄せていた両親を嘲笑《あざわら》ったのだ。

プライドだけは無駄に高い両親は言い返すこともできずに歯がみした。

そして、恨みの矛先を何故か華に向けたのだ。

落ちこぼれであった華が悪いと。

とはいえ、華と会えない以上、華に期待はできない。

別の策を講じる必要があった。

その策というのが、卓上に置かれた茶色いレザーの写真台紙である。

「家の権威を取り戻すために残された道はこれしかない」

強い意志を持った父親の視線は写真台紙に向けられ、険しい顔をする両親のいる部屋に、呼び出された葉月がやって来た。

「失礼します。お父さん、お母さん、なにかご用ですか？」

双子の妹である華と容姿は似ているが、華よりも華やかな顔立ちをしている葉月は、部屋の中の異様な空気に気付くも、口には出さなかった。

しかし、なにかしらの違和感は抱いているようで、顔色は優れない。

「よく来た、葉月。そこに座りなさい」

不必要なほどの笑みを浮かべる父親の様子を不思議に思いながら、葉月は言われるままに両親の正面に座った。

座るやいなや父親が発したのは、葉月を褒める言葉だった。

「葉月、お前は本当に優秀だな。先日の試験も学年トップだったそうじゃないか」

「ありがとうございます」

特別表情を変えることなく頭を下げる葉月に、さらに賛辞が向けられる。

「幼い頃からお前は優秀で、私達はいつも鼻高々だった。人型の式神まで生み出して、お前は自慢の娘だ」

「どうしたんですか、お父さん？　突然そんなこと」

普段言わないことを口にする父親に、葉月は困惑気味だ。

「いや、お前が私達の期待通りに育ってくれて、嬉《うれ》しいと改めて思ったのだよ」

父親はそう言うと、葉月の前に茶色の写真台紙を置く。

「中を見てみなさい」

「えっ、はい……」

葉月が言われるままに閉じられたそれを開くと、男性の写真が貼られていた。

話をしたことはないが、葉月も顔だけは知る人物だった。

「お父さん、この写真は？」

問いながら葉月は嫌な予感がしてならなかった。

何故なら、それはまるでお見合い写真のようだったから。

そんなはずはないと葉月は自分に言い聞かせていたが、父親から返ってきたのは残酷な言葉だった。

「葉月、お前の結婚相手を決めてきてやったぞ」

「先方からも色よい返事をもらっているのよ。良かったわね、葉月」

娘が喜ぶことを疑わない両親の態度に、葉月は反射的に言い返した。

「待ってください！　この方は確か四十代だったはずです。私とは歳が離れすぎてます。それに……！」

まだ続けようとする葉月の言葉を遮るように父親が厳しく叱る。

「それがなんだというんだ。年齢など些末《さまつ》なことではないか。必要なのは家のためになるかというその一点のみだ」

「……っ」

葉月は反論することができずに唇を引き結ぶ。

家のためと言い出した時の両親が葉月の話を聞かないのは今に始まったことではないから、すぐに葉月から言葉を奪ってしまう。

「まさか好いているとかいないとか、お前はそんなつまらないことを言う子ではないだろう？　なあ、葉月？」

「……はい。お父さん」

　葉月が肯定すれば、途端に父親は笑顔になる。

「この結婚は我が一瀬家のためになる大事なものだ。葉月もよく理解しておきなさい」

「はい……」

「まったく、華がもっとうまく立ち回っていたら、この私が頭を下げて懇願する必要はなかったというのに、どうしようもない娘だ。同じ双子でどうしてこうも違うのか。しかし、葉月は親の期待に応《こた》えてくれる優秀な子で私達は助かったよ」

「…………」

　葉月は無理やり笑みを浮かべたが、膝《ひざ》に置かれた手は耐えるようにぐっと強く拳《こぶし》を握っていた。

　機嫌のいい両親はそれに気付きもしない。

「顔合わせは少し先になるだろう。それまで一瀬の者として恥ずかしくない行動を心掛けなさい。まあ、葉月には今さら忠告するようなことではないだろうが」

「そうですよ、あなた。葉月は華のように親に逆らうような馬鹿な行動はしません。慎《つつ》ましやかで大人しい、まさに大和撫子《やまとなでしこ》のような子なんですから」

にこやかに笑いながら華を蔑《さげす》み、葉月を持ちあげる両親は、自分達の発言に問題があるとは思っていないようだ。

華と比べることで葉月を褒めているように見せかけて、葉月の行動を牽制《けんせい》していることに気付いていているのだろうか。

親の言うことを聞く子は善で、逆らう子は悪とする両親の考え方に反感を覚えていないわけではない。

華の名を出されるたびに、比べられるたびに、葉月は両親の理想の娘を背負わされているのを感じる。

自分の半身。大事な片割れ。

いつから道を違《たが》えてしまったのだろうか。

両親が華を無能と蔑むたびに葉月が悲しんでいることを誰も知らない。それはきっと華も。

華の分も自分が頑張れば両親は機嫌をよくして華を悪く言うことはなくなる。

自分が優秀でありさえすれば……。

そうして両親に従順にしてきたのに、いつからかそれが当たり前となり逆らうことができなくなってしまった。

周囲の評価を気にするあまり優等生を演じ続けた。

それを息苦しいと感じていたのに、口に出せなくなっていった。

昔、まだ仲が良かった頃はよく華に愚痴を言っては困らせていたのに、その華といつの間にか距離ができてしまったことがなにより悲しく辛《つら》い。

最初は華のためだったはずなのに、葉月の行いは華との距離を作ってしまう原因となるだけだった。

どうしてこうなってしまったのだろうか。

葉月にはもう分からなくなってきた。

葉月のしてきたことはすべてが裏目に出てしまい、守りたかったはずの華すら側からいなくなり、葉月にはもう誰もいない。

『誰か助けて』

それは決して葉月が口にできない心の叫びだった。

＊＊＊

犬神の事件から少しして、事件の最中《さなか》にできた華の傷が癒《い》えた頃、夫である一ノ宮当主の朔からお誘いがあった。

事件解決の報酬となっていた、海の見える別荘を見せてくれるというのだ。

新しく式神となった犬神の嵐《あらし》に嚙《か》まれた傷痕《きずあと》は残念ながら痛々しく残ってしまい、

今後も綺麗《きれい》に痕が消えることはないだろうという診断だった。

華自身はたたり神を相手にしてそれぐらいで済んで良かったなと楽観的だったが、傷痕を見るたびに嵐が落ち込んでしまうので、傷痕が見えるノースリーブのような服を着られなくなってしまった。

しかし嵐を落ち込ませてしまうことを考えれば、ノースリーブが着られないぐらいなんてことない。

時折傷痕が引きつるように痛むので式神達は心配して止めたが、せっかくの朔のお誘いを断ってしまうほどではないと、華は大喜びで別荘行きを了承した。

そうして朔と一緒にやって来たのは、一ノ宮の屋敷から車で二時間ほどの場所にある海の見える町だ。

「わあ、すごーい。海だ海だ！」

走る車の窓から顔を覗《のぞ》かせると、海風に乗って潮の香りがする。

普段では感じることのない匂いにテンションも上がるというもの。

「こら、危ないから顔を出すなよ」

「はーい」

海を間近にしても冷静な朔に叱られ、華は大人しく座り直す。

『あるじ様、あれが海？』

華の髪に止まっていた蝶《ちょう》の式神のあずはが華から離れて、興味深そうに車内をひらひらと舞うように飛ぶと、舌っ足らずな声が聞こえてきた。

「あずはは海見たことなかったっけ？」

『ないよ』

華とて見慣れたものではないが海に行ったことは何度かある。

確か小学生の時の遠足や中学生の時の修学旅行だったろうか。

小学校、中学校は普通の学校だったために、式神のあずはは連れていけなかったのだ。

一瀬家は、皆で旅行なんてするような仲のいい家族ではなかった。

なので、華も海のある場所に来るほど遠出するのは久しぶりだ。

必要以上にテンションがおかしくなるのは目を瞑《つぶ》ってもらいたい。

報酬となっている別荘は海沿いではなく、海を見渡せる高台の絶景の場所にあった。

海に遊びに行くには少し遠いが、景色は文句なしであった。

しかも、元は一ノ宮が所有していた別荘とあって、門から中の全容が分からないほどに敷地が広い。

門前で止まった車の中から落ち着きなくきょろきょろしているのを、朔が呆《あき》れるように見ている。

「落ち着け。別荘は逃げないぞ」

「分かってるけど、楽しみなんだもん。ねえ、本当にこの別荘をもらってもいいの？」

まだ中に入って建物を確認していないが、きっと豪邸が存在しているに違いないと確信させる門構えに、華は浮足立つ。

「ああ、約束だからな。すでに名義も華に変更してあるから、名実ともに華の別荘だ」

「やったー。ありがとう、朔！」

両手を上げて満面の笑みを浮かべる華に、朔は口角を上げて意地悪く笑う。

「礼なら言葉じゃなく態度で示せ」

「たとえば？」

なんとなくよろしくない空気を感じながらも問いかけた華を、朔は囲い込むように腕に閉じ込めた。

「ちょ、ちょっと！　近い！」

「近付いてるんだ、この鈍感が」

慌てふためく華を前に不敵な笑みを浮かべる朔は、華の顎《あご》を掴《つか》む。

「少しは俺に惚《ほ》れたか？」

今にも唇がくっつきそうな距離に、カッと華は顔を赤くする。

柱石の結界を張るために契約で結ばれた夫婦だったが、朔の心変わりにより柱石の結界の強化が完了した後も夫婦関係を続行することになった。

騙《だま》し討ちのようなやり方だったが、なんだかんだで仲良くやっている。

一ノ宮という大きな後ろ盾を得た今の状況は、一瀬家を出て頼る者をなくしてしまった華には願ってもないことだった。

最初こそ落ちこぼれと歓迎されていなかった華だったが、葵《あおい》や雅《みやび》という人型の式神を有していると知られるようになってからは、一ノ宮家の使用人だけでなく、朔の実母である美桜《みお》からも認められるようになり、居心地は正直悪くない。

一瀬家では一人で取っていた食事も、一ノ宮家では家族がそろってする。

最初は一人の方が気楽でいいのにと思っていた華だが、他愛ないことを話しながらの食事は心を落ち着かなくさせると同時に美味《おい》しく感じられた。

自分はこういう家族の団欒《だんらん》を望んでいたのではないかと思わされてしまう。

一瀬家ではどう転んでも得られなかったものが、一ノ宮家には当たり前のように存在しているのだ。

なので、一ノ宮の家で暮らしていくことに否やはないのだが、問題となるのが朔である。

契約上の妻でしかないのに、以前からキスをしてきたりと押しが強かった朔は、結婚継続を主張して以降、さらにスキンシップが激しくなった。

隙あらば唇を奪い、肩に手を回し、抱き締めたりと、色恋事に疎い華は翻弄《ほんろう》されっぱなしだ。

今もここぞとばかりに顔を近付けてくる朔にパニック状態だが、華には頼れる式神達がいた。

「くぉるあ！　主《あるじ》になにしてんだあ！　このエロじじい！」

ヤンキーのごとく舌先を巻きながら叫び、車の扉を開けると朔を蹴《け》り飛ばして華から強制的に離したのは、背に大剣を携え男性の姿をした葵。

そして、すかさず天女のような容姿の雅が華の手を取って車の外に連れ出す。

二人は華に対してかなり過保護だった。

「さ、主様。お早くお降りください」

「ありがと、葵、雅」

ほっと安堵《あんど》する華が車内に目を向けると、葵に蹴られた朔が変な格好で倒れていた。

その顔は不満を隠そうともしていない。

「またお前らか」

「またはこっちの台詞《せりふ》だ！　主が嫌がってんだろ！」

「今、口説いてる最中なんだから外野は黙ってろ。夫婦の問題だ」

「なにが夫婦だ。主を騙しておいてほざくな！」

ぎゃんぎゃんと、華の番犬のごとく朔に噛《か》み付く葵。

本当の犬神である嵐も姿を見せ、戸惑ったようにしている。

『私も華の式神として、葵の応援に入るべきか？』

「嵐はいいからね。神様が入ってきたらお遊びじゃなくなってくるし」

見た目こそ可愛らしい黒い犬だが、犬神である嵐が本気で排除に動いたら朔の身が危険なことになる。

『ふむ、なるほど。あれは遊んでいるのか。あれだな、喧嘩《けんか》するほど仲がいいというやつか』

少々人の世のことに疎い嵐は本気で感心していて、華は苦笑するしかなかった。

「ねえ、遊んでないで中に入ろうよ。早くどんな別荘か探検したいし」

車の中と外で言い合いをしていた朔と葵の注意が華に向けられ、ようやく騒ぐのをやめる。

「それもそうだな。暗くなる前に掃除しておく必要があるから」

朔は車から降りてくると、服に付いた葵の足跡を払った。

一ノ宮の屋敷では和服を着ていることが多い朔だが、今日は珍しくジーンズにシャツといったラフな格好をしていた。

なんでも動きやすい服装でいる必要があるようで、華にも動きやすい服にするように求めたため、白いクロップドパンツに花柄のブラウスを着ていた。

「えっ、掃除してないの？」

「建物の中は綺麗《きれい》にしている。問題は外だ」

「草刈りでもするの？」

「行けば分かる」

朔は多くを語らず、華達が乗っていた車の後から別の車でついてきていた一ノ宮の使用人に門を開けさせていた。

「ほら、行くぞ」

さっさと先に行ってしまう朔を慌てて追う華と式神達。

世話係として来ただろう数人の使用人は何故かついてこない。

「ねえ、朔。あの人達は？」

「掃除が終わったら入ってくる」

「えっ、普通掃除ならあの人達がするもんじゃないの？」

彼らは一ノ宮に仕える人達で朔は当主なのに、主人に掃除をさせるなんて逆ではないのか。

そんな華の疑問はすぐに解消する。

門から五分ほど歩くととても綺麗な洋館が見えてきた。

華と式神達で使うには大きすぎるほどに立派な建物。

庭も広く、ゴルフの打ちっぱなしでもできそうなほどだ。

あまりにも華の想像を超える立派な別荘に、さすが一ノ宮が所有していただけあると感嘆したところで、そんなことよりも気になるものがあちらこちらをうろうろしていた。

庭の美しい景観を台なしにしてしまっている、妖魔《ようま》、妖魔、妖魔の集団。

「なんじゃこりゃあぁぁぁ！」

思わず絶叫してしまった華を誰が責められようか。

「朔ぅぅ！　なによこれ⁉」

華は怒りを含んで詰め寄るが、朔はしれっと答える。

「見ての通り妖魔だ」

「妖魔だ。じゃないでしょうが！　なんでこんなにいるのよ」

「ああ。ここの別荘はな、様々な問題で普段から妖魔の溜《た》まり場になっているんだよ。定期的に掃除してやらんといかん」

「掃除……」

朔の言っていた掃除の意味を理解する。

連れてきた使用人達が一緒についてこなかった理由も。

そりゃあ当然だ。使用人は術者の家系に生まれた者がほとんどだが、うじゃうじゃいる妖魔を倒せる実力があるなら使用人なんてせずに術者として生きている。

「無駄に多い上に強めの妖魔が集まっているから、下手な術者には任せられなくてな。これまで俺が時々来て掃除していたんだが、お前が報酬を欲しがったからちょうどよかったよ」

「チェンジ！　チェンジを要求します！　他の別荘がいい！」

「諦《あきら》めろ。もう手続きが済んでお前のものだ。だから自分のものはちゃんと管理しろよ」

「だ、騙された……」

華はその場に膝《ひざ》をついて肩を落とす。

自分の別荘だと喜んでいただけに、ショックが激しい。

これはすぐには立ち直れないほどの衝撃だ。白いクロップドパンツが砂で汚れているのも気にならない。

なのに、傷心の華を朔も妖魔も放っておいてくれなかった。

「ほら、来るぞ、華」

朔はこれからひと仕事を始めようと気合いを入れるように袖《そで》をまくり、自分の式神を呼び出す。

「椿、来い」

「はーい」

白い髪のツインテールにケモミミでフリフリのメイド服を着た人型の式神は、朔の式神の椿。

椿は現れるや葵に目をつける。

「やーん、ダーリンがいる～」

「ひっ！」

まるで狩人《かりゅうど》の目つきで見るものだから、葵が怯《おび》えている。

以前は朔の愛人を自称していた椿だが、葵に一目《ひとめ》惚《ぼ》れして、今は葵以外目に入らない様子だ。

今にも葵に飛びかかっていきそうな椿の頭を朔がわし摑《づか》みにする。

「ダーリンは後にしろ。掃除が終わったらいくらでもデートしてきていい」

「やったー！　椿、頑張る～。待っててね、ダーリン」

語尾にハートマークがつきそうな声色で葵に投げキッスをすると、椿は妖魔の集団の中に突撃していった。

投げキッスをされた葵の方は顔色を悪くしている。

「やだよ、主。俺、あいつ苦手だ……」

葵は華に助けを求めるような眼差《まなざ》しを向けるが、助けてほしいのは華の方だと、葵を慮《おもんぱか》れる状況ではない。

「ひどい、あんまりだ。楽しみにしてたのに。そのために事件解決も頑張ったのに、その見返りがこれなんて……」

半泣きの華は、今まさに襲いかかってこようとした妖魔をギッと睨《にら》みつけると、八つ当たりするように叫んだ。

「私の別荘を返せー!!」

展開展開展開！　と連呼して妖魔を次々に結界の中に閉じ込めると、「滅ぅぅぅ！」と雄叫《おたけ》びを上げるように絶叫して近くにいた妖魔を一気に退治する。

「葵、雅、あずは！　人ん家《ち》に勝手に入り込んでる不法侵入者を一掃しちゃって」

『私も手伝おうか？』

「お願いね。嵐がいるなら百人力よ」

『うむ』

嵐はたくさんの妖魔に気負うこともなく、群れの中に走っていった。その後を葵がついていく。

「嵐、どっちがたくさん狩れるか勝負しようぜ」

『よかろう。負けぬぞ』

「俺だって」

仲良く行ってしまった嵐と葵の背を見送り、華はやさぐれたように鼻を鳴らす。

「ふん、やってやろうじゃないのよ」

「主様《あるじ》、やけくそになっていらっしゃいますね」

雅が困ったような顔をするが、これでやけくそにならずにいられようか。

「朔のボケェェ！　覚えてなさいよ！」

この、内に湧き起こる怒りをどうしてくれようか。

とりあえずは苛立《いらだ》ちをぶつけるべく妖魔に突進していくことにした華により、妖魔は次々と滅せられていった。

＊＊＊

その様子をはた目に見ていた朔はひどく感心している。

「やはりあいつにここを任せたのは正解だったな」

怒り爆発の華により、面白いほど簡単に妖魔が倒されていく。

この別荘は一ノ宮の所有であるために代々一ノ宮が管理をしていた。

しかし、ここの妖魔はそこらにふらりと現れる妖魔と違って力が強く、退治するためには複数人の力の強い術者を動かす必要があった。

けれど、定期的に複数人の術者を拘束するわけにもいかず、これまでは朔が一人で掃除をしていたのだ。

けれど華の実力なら十分に倒せるだろうと、別荘の話を出した時にすぐここを思いついた。

いつもは一日がかりの大仕事だったが、華には犬神である嵐もいるので、ものすごい速さで妖魔が消えていっている。

その様子を見ていて、朔は肩の荷が下りたように感じていた。

朔も当主となり以前より時間を思うように取れなくなったので、この別荘を華に任せられるのは大いに助かるのだ。

＊＊＊

庭の掃除はなんとか午前中で終わった。

知らせを聞いた使用人達が続々と入ってくる中、華は庭にあったベンチに倒れ込んでいる。

「疲れた……」

イライラをぶつけるために、無駄に動いたせいでグロッキー状態だ。

もう一歩も歩きたくない。

一方で、術者の霊力でできているために疲れというものを知らない、葵達式神は元気いっぱいだ。

「あーあ、嵐に負けたぁ」

『葵もなかなかだったぞ』

妖魔《ようま》を倒した数で競っていた葵と嵐。

そこにやって来た椿が葵に抱きつく。

「ダーリン～。お疲れ様ぁ。お礼にデートしてあげるぅ」

「ぎゃぁぁ！　いらねぇよ！」

「照れなくてもいいんだよ～」

「照れてねぇ！　離れろー」

「や～だ～」

ずいぶんと騒がしい葵と椿を、華はベンチに横になりながら呆《あき》れたように見ている。

華を膝枕《ひざまくら》している雅はニコニコと見ているだけ。

あずはは庭に咲いているたくさんの花の周りを楽しそうに飛び回っていた。

なんとも自由な式神達である。

「賑《にぎ》やかだなぁ」

一瀬の家にいた頃とはずいぶんと違っている。

葵と雅も人の目を気にせず普通に姿を見せているし、華には生き生きしているように見えた。

失敗したかと思った朔との契約結婚だが、隠れるように過ごしていた葵と雅にとったらいい決断だったのかもしれない。

ベンチでのんびりしていると、朔が華を呼びにやって来た。

「華、中の準備も終わったようだ。妖魔の姿もないからもう中に入っていいぞ」

華を巻き込んでおきながら米粒ほども申し訳なさを感じていない朔に、華はじとっとした目を向ける。

「この詐欺師め」

言いたいことはたくさんあったが、怒りを突き抜けて逆に罵倒《ばとう》の言葉もうまく出てこない。

代わりに精一杯の怒りを視線で訴える。

「人聞きの悪いことを言うな。ちゃんと海の見える別荘だろうが。嘘は言ってない」

「妖魔の溜《た》まり場《む》って知ってたらもらわなかったわよ！」

くわっと目を剥いて怒鳴る華だが、朔には微塵《みじん》も効いていない。

「言ったら嫌がるだろうが」

「当たり前だ、馬鹿やろー！」

どこの世界に妖魔付きの事故物件を欲しがる人間がいるのか。

「逆に朔なら欲しがるの⁉」

「俺もいらんな」

朔があっけらかんと言ってのけるので、華は怒鳴るのも疲れてきた。

華は深い溜息《ためいき》を吐いて自分を落ち着かせると、ベンチから身を起こす。

「中に入っていいって？」

「ああ。昼食の用意ができたようだから食べに行くぞ」

「はいはい」

やれやれという様子で立ちあがった華は、朔について建物の中に入る。

洋館はただの別荘とは思えないほど豪華な内装で、落ち着いた雰囲気の純和風な一ノ宮の屋敷と違い、置いてある家具や調度品もとても華やかで明るい印象がある。

華に与えるほどなので、ほとんど使っていない別荘なのかと思いきや、古びた様子もなく手入れも行き届いているように見えた。

「今日は天気がいいからテラスに用意させた」

昼食が用意された広々としたテラスからは、海がパノラマで見える。

「うわぁ、綺麗《きれい》な景色」

「そうだろ？　立地だけは最高なんだがな」

朔の言わんとしていることは華にもすぐに伝わった。

妖魔という問題さえなければ好物件なのは間違いない。

まあ、その妖魔がすべてを台なしにしていると言っていいだろう。

「妖魔さえいなきゃね」

「そうだが、華ならなんとかできるだろ」

「できるっちゃできるけど、年老いてまで管理できないわよ？」

「その時はまた一ノ宮が引き取る。だから今のうちは華が管理してくれ。他に任せられそうなのがいないんだ。俺は当主の仕事もしなきゃいけないから、こちらまで手が回らないこともある」

朔の真剣な表情を見るに、切実な問題のようだ。

そりゃあ、華と朔に加え式神総出で動き回って午前中が潰《つぶ》れてしまったのだ。これまでは朔が忙しい仕事の合間に一日かけて行っていたというので、結構な手間となっていたのだろう。

「しゃーない。時々私が掃除しといてあげるわよ」

術者の仕事に一ノ宮の当主としての仕事を兼任する朔のために、今回は華が折れることにした。

「助かる」

柔らかく笑った朔に、華も自然と笑みが浮かぶ。

「言っとくけど、今度騙《だま》し討ちみたいなことしたら即離婚するから」

「安心しろ。離婚を言い出しても俺の権力で握り潰してやる」

「そこは素直に離婚してよ！」

「嫌だ」

なんと我儘《わがまま》な俺様なのだろうか。

しかし、そんな朔を受け入れつつあるのを華は感じているから厄介だ。

＊＊＊

妖魔の掃除も終わり、華はせっかく手に入れた別荘を堪能《たんのう》すべく洋館の中をうろうろとする。

といっても、ひと通り見てしまえば後はやることがなく、手持ち無沙汰《ぶさた》になってしまう。

洋館は物珍しくはあるが、豪邸で言えば一ノ宮の屋敷の方がレベルが高いので、一ノ宮の屋敷を見慣れてしまった華が新鮮味を感じられたのは最初の一時間だけだった。

退屈になってきた華は朔のいる部屋に向かった。

「ねえねえ、朔」

「なんだ？」

朔はこんな時でも仕事らしく、ノートパソコンのキーボードを叩《たた》いている。

「暇だ〜。どっかに面白いものないの？」

「お前なぁ」

パソコンの画面から顔を上げた朔は呆れたような視線を向けてくる。

「別荘だと大喜びしてたんじゃないのか？」

「そうだけど、よくよく考えるとやることなくてつまんない。ここテレビもないし、スマホは圏外だし」

「仕方ないだろ。妖魔を外に出さないようにこの別荘周辺に強力な結界を張ってるせいで電波が通らないんだ。テレビもラジオも妖魔の影響か、雑音が入るからそもそも置いてない」

「朔が今持ってるパソコンは？」

「仕事に必要な書類を作ってるだけだ。ネットには繋《つな》がってない」

とんだ不良物件である。楽しみがほとんどないとはこれいかに。

華がスマホ依存症だったら叫んでいるところだ。あいにくと悟りを開いた老人でもないので、娯楽がないのはかなりの苦痛である。

「この辺りに遊ぶとこないの？」

「あるぞ。ここいらは温泉も湧くから、近くに観光客が集まる温泉街があって、店もたくさんあるはずだ」

「それを早く言ってよ。出かけてきていい？」

「ちょっと待て。もうすぐ一段落するから一緒に行く」

「忙しいんじゃないの？」

忙《せわ》しなく動く手を見ていると、遊んでいる暇があるようには思えない。

「問題ない。本当は掃除に今日一日かかるつもりで予定を空けていたからな」

よくそんな物件を渡してきたなと、華は半眼になる。

朔は術者の中で最も上のランク、五色の漆黒を持つ術者だ。

そんな朔が一日かかるとは、普通で考えたらとんでもない案件である。

それをコンビニでアイスを奢《おご》るような軽さで与えるのだから、これを華の力を認めてくれている信頼ゆえと取るべきか正直迷う。

「すぐ終わるから待ってろ」

傲岸不遜《ごうがんふそん》にそう言うと、朔は再びパソコンの画面に視線を落とした。

仕方なく華は近くのソファーに座り、あずはと戯れながら大人しく待つ。

ここに葵がいないのは椿と洋館の中で盛大な追いかけっこをしているからだ。

あの二人は力の強さが拮抗《きっこう》しているために、葵も椿から簡単に逃げられずに苦労している様子。

もういっそ受け入れた方が楽ではないのかと思うが、葵は椿をかなり苦手としていて、椿の想いが葵に通じることは当分なさそうだ。

葵が折れるのが先か、椿に新しいダーリンができるのが先か、二人の動向を密《ひそ》かに楽しんでいるのは葵には内緒である。

葵の他に姿の見えない雅と嵐は一緒に散歩に出かけていった。庭でのんびり日向《ひなた》ぼっこしてくるらしい。

新入りの嵐は他の式神とも仲良くやっているようで、華もひと安心する。

同じ式神でも、本物の神である嵐はプライドが強く出てしまわないか心配していたものの、先輩である他の式神をそれとなく立ててくれるので、うまくいっているのだろう。

どこぞの偉そうな当主様に嵐の爪の垢《あか》を煎《せん》じて飲ませたいものだ。そうすればもう少し謙虚さを得られるかもしれないのに。

そうこうしていると、ノートパソコンをパタンと閉じた音が聞こえてきたので朔に視線を向ける。

「終わった？」

「ああ」

「じゃあ、早く行こう！」

待ってましたとばかりにソファーから飛びあがるように立った華は、機嫌よく部屋を出ていく。

「よほど退屈だったんだな」

やれやれと困った子を見るような優しさを含んだ眼差《まなざ》しで、朔も後からついていく。

「葵達はどうしようか？　声かける？」

「ほっとけ。今頃楽しく鬼ごっこをして遊んでるんだろうからな」

椿にとって楽しいのは間違いないが、葵にとっては真逆な感想だろう。

しかし、観光客という人目のある中に騒がしい二人を連れていっても面倒を起こしかねないので、ここは葵を放置するという選択肢を取ることにした。

使用人に車を出してもらい、華と朔、そしてあずはは共に町に出る。

高台の上の方にある別荘から車で五分から十分ぐらいだろうか。

硫黄《いおう》の匂いがどこからともなく流れる温泉街にやって来た。

この日は休日とあって大勢の人が歩いている。お店も大盛況なようで、行列ができている店もたくさんあるようだ。

「こんな賑《にぎ》やかな温泉街が近くにあるなんて、ほんとに立地だけはめちゃくちゃいいのね、あの別荘」

「そうだろ。少しは気に入ったか？」

「妖魔《ようま》が出なきゃ最高なんだけどね」

「それさえなんとかできる実力があれば最高な別荘だろ。華には嵐がいるし、戦力は十分なはずだ。ただ、こんな人が多く集まる場所が近いだけに、溢《あふ》れるなんてことだけはないように気をつけてくれ。一応結界は張ってあるが万が一ってこともある」

「めんどーい」

華に与えられた以上、今後は華が注意しなければならない。

観光客が多く集まる温泉街なんてものがあるので、妖魔が溢れて何かあったら華の責任になってくる。

まったく面倒なものを押し付けられてしまった。

「掃除は半年に一度ぐらいでいい。今回は当主の交代や犬神の一件で忙しくて様子を見にこられなかったせいで相当数の妖魔が集まっていたが、普段はあんなに多くない。来る頻度を上げれば、華の実力ならさほど重労働でもないだろう」

「そうなんだ。それならなんとかなるかも」

なにせ妖魔の問題がなければ素晴らしい物件であるのは否定できない。

普段から力が強い故に妖魔から狙われている華にとったら、妖魔退治はそれほど難しい作業でもないのだ。

ただ、今回は量が半端でなく多かったので文句を垂れ流しているだけ。

多少であるなら嵐を式神に持った華ならばなんてことはない。

そう考えると、海が見えて近くに温泉街もあるあの別荘はいいもらい物だったのかもしれない。

というか、もうそう思うように自分に言い聞かせることにした。

『あるじ様、早く見て回ろう』

華の髪に飾りのように止まっているあずはが催促をする。

あずはは遠出をしたことがないので密かにテンションが上がっているのかもしれない。

「そうね。行こうか」

歩き出すと朔がすかさず華の手を握ったために動揺する。

「朔っ！」

「迷子になりたくないだろう？　それに、この方がデートっぽいしな」

自信に満ち溢れた強気な笑みを浮かべる朔の手を振り払うことができず、わずかに頬を赤らめた華は、離されないように軽く手を握り返した。

温泉街では定番的な温泉卵を買い、熱々の温泉まんじゅうにかぶりつき、綺麗《きれい》な渦を巻くソフトクリームに目を輝かせた。

「おい、食ってばっかりだな」

さすがに朔も呆《あき》れたようにツッコミを入れる。

「だって美味《おい》しいんだもん」

「夜ご飯食べられなくなるぞ」

まるで母親が子供にするような注意をする朔の言葉も右から左に聞き流し、次は視界に入ってきた足湯に興味を惹《ひ》かれる。

「ほら、朔。足湯があるよ」

朔の手を引いてずんずん向かう華に、朔はやれやれといった表情をしつつも、その目はとても温かいものだった。

目の前で売っていた瓶に入ったサイダーを購入してから、靴と靴下を脱いで足湯につかる。

「朔もおいでよ」

なにやら躊躇《ためら》っている朔をうながすように隣の席をトントンと叩《たた》けば、仕方なさそうに靴を脱いでジーンズの裾《すそ》をまくりあげて足を湯につけた。

「あー、気持ちいい～」

そう言いながらサイダーをラッパ飲みする様は、うら若き女子高生とは思えない。

「ぷはぁ。最高ですな、これは」

「どこぞの親父みたいだぞ」

「いいじゃないのよ、せっかくなんだから。温泉なんて初めてだし。別荘にも温泉湧いてないの？」

「ちゃんと引いてきている。源泉かけ流しだ」

源泉かけ流しとはなんと心惹かれる響きだろうか。

「やった。帰ったら入ろっと」

「なんなら俺が背中を流してやるぞ」

ニヤリと口角を上げる朔を、華は半眼で睨《にら》む。

「このエロ親父」

「夫婦だ。遠慮するな」

「するに決まってんでしょうが！」

「まあ、キスも俺が初めての華に、一緒の風呂《ふろ》はハードルが高すぎるか。もう少し経験値をつけてからだな」

カッと顔を赤くする華は、朔に向けて手に集めた力を投げつけた。

それは朔に当たると霧散したが、朔は非常に慌てた表情になる。

「危なっ！　お前、こんなところでなにするんだ」

力の塊は術者ではない一般人に見られることはないが、過去にはそれで朔の弟である望《のぞむ》を吹っ飛ばしたこともある攻撃力を持ったものだ。

力の強い朔だからこそ相殺されたが、一般人には危険である。しかし、そんなことは華もよく分かっての行動だ。

「朔が悪いんでしょうが！　ちゃんと手加減したもの」

実際に朔にはデコピンされたより弱い衝撃しか与えられなかっただろう。

「その程度で照れてどうする。世の夫婦はもっとすごいことをするんだぞ」

真剣な顔でなんてことを言うのか、この男は。

「その前に離婚してやるー！」

吠《ほ》える華を朔は楽しげに見つめ、くくくっと肩を震わせて笑う。

その時になって、朔は華の反応をただ楽しんでいるだけなのだと分かった。

「くー。朔はその性格直した方がいいわよ。モテなくなるんだから」

「安心しろ。俺には華以外は目に入ってないから問題ない」

「だから、そういうのをやめてってば！」

恥ずかしげもなく口説くような台詞《せりふ》を言われても、華は反応に困ってしまう。

「俺の本心だ。華には回りくどい言い方をしても伝わらなそうだからな。ストレートに愛情表現することにしている」

「だからって、人前でやめてよ」

向かい側で同じく足湯を楽しんでいたおば様連中が、ニヤニヤしながら見ているではないか。

「若いっていいわねぇ」

「私もそんな時代があったわー」

そんなおば様達から聞こえてくる言葉が華の羞恥心《しゅうちしん》を刺激してくる。

これ以上ここにいては心臓に悪いと湯から足を上げてタオルで拭《ふ》こうとすると、タオルを奪った朔が華の足を丁寧に拭《ぬぐ》い始めた。

これには華は大いに慌てた。

「ちょっと、朔!」

向かいのおば様達が「あらあらあら」と微笑ましい表情で盛り上がっているのが、余計に居たたまれない。

華の動揺もなんのその。タオルを奪い返そうとする華を軽くいなして綺麗に水滴を拭いてから、朔は自分の足も同じように拭った。

恥ずかしさでいっぱいの華は無言で靴下と靴を履き、足早に足湯から離れた。

「おい、華。待て」

「待ちません！」

朔には羞恥心というものがないのかと、華はお冠だ。

しかし、朔の顔には申し訳なさはまったく浮かんでおらず、逆にとても機嫌が良さそうにしている。

その顔がなおさらムカついて仕方ない。

「なんで笑ってるのよ」

「くくっ。華といると本当に飽きないな」

「意味分かんないし」

「俺が分かっているから問題ない」

以前に朔が笑わないと言っていたのは椿だったろうか。

蠟《ろう》人形のように表情筋が死んでいるようなことを言っていたが、今の表情豊かな朔を見ていたらとてもじゃないが信じられない。

だが、笑わない朔よりは、笑っている朔の方がずっと魅力的だと思う。決して口には出さないけれど。

再び朔の方から手を繋《つな》いできたが、華は嫌がったりはしなかった。

そのままぶらぶらと温泉街を歩いていると、ふと勾玉《まがたま》を売っている店が目に入って足を止める。

パワーストーンとも書かれており、そこにはいろいろな石で作られた勾玉が置いてあった。

「欲しいのか？」

「うーん、そうだなぁ……」

石の名前と共に意味と効果も書かれている説明を読みながら気になったのは、白い瑪瑙《めのう》の勾玉。

石の意味と効果の内容を確認して華はニヤリと笑う。

「すごくあくどい顔になってるぞ」

すかさず朔がツッコむが、華の表情は変わらない。

いや、むしろ笑みが深くなったように見える。

「朔、この白瑪瑙の勾玉買ってあげる。私からのプレゼントってことで、漆黒のペンダントと一緒につけてよ。愛妻からのプレゼントなんだから嬉《うれ》しいでしょう？」

ニコニコと笑みを浮かべる華の言葉を鵜《う》呑《の》みにする朔ではなく、疑いの眼差《まなざ》しが向けられる。

「それはいいが、なにを企《たくら》んでる」

「失礼な。別荘をくれた朔へのお礼よ」

すると、華は白い瑪瑙の勾玉を一つではなく二つレジへ持って行った。

「んふふふ～」

なんとも機嫌のよい様子で、買ったうちの一つを朔に渡す。

「ほらほら、つけてみて」

「ああ」

何故二つなのか疑問に思いながらも、朔は術者の証明代わりである漆黒のペンダントトップが通ったチェーンに勾玉を通した。

小ぶりな勾玉は邪魔になることなく漆黒の証《あかし》と共に朔の首元を飾る。

「もう一つはどうするんだ？」

「いざという時の保険に取っとくの～」

疑問は解消されないままだったが、華の機嫌がよさそうなので朔はそれ以上追及することをやめた。

その後も温泉街を歩きながらたくさんのお土産を買って意気揚々と別荘に戻ると、張り付いた椿を引きずりながら葵が半泣きで帰りを待っていた。

「俺を置いてどこに行ってたんだよぉ」

「今日一日ダーリンといられて、椿幸せ～」

「早くこいつを引き離してくれぇぇ」

なんとも情けない声で助けを求める葵。

まさかあの後も追いかけっこを続けているとは思わなかった華と朔は、顔を見合わせて深い溜息《ためいき》を吐いたのだった。

# 二　章

別荘から帰宅後、華は自分の部屋に直行した。

「あ〜、疲れた〜」

そう言いながら華はソファーに横になる。

畳に布団を敷くタイプの一ノ宮の屋敷とは違い、別荘にはベッドが置いてあった。

華がベッドに飛び込むようにして寝転がれば、マットレスのほどよい反発が華を受け止めてくれた。

よほど質のいいマットレスのようで、すぐに睡魔がやって来るほどに寝心地がよかったのを思い出す。

いっそ一ノ宮の屋敷もベッドにしてもらうように頼もうか。

そうすればいつでも寝たい時に寝られるしなどと思っていると、朔がノックもなく部屋に入ってくる。

溶けるようにくつろいでいる華を見て、朔は苦笑いする。

「だらけすぎだろ」

「だって、別荘に着いて早々妖魔《ようま》退治をさせられたんだから仕方ないじゃない。朔が悪い。しかも、退治したはずの妖魔が今日も湧いて出てきたから一人で退治したのよ。朔も手伝ってくれると思ったのに、椿を置いてさっさと一人で帰っちゃったっていうんだもん」

今朝起きたら、朔は帰ったと椿に聞かされて華は愕然《がくぜん》とした。

なにせ外を見れば一掃したはずの妖魔がまたもやそこら中を徘徊《はいかい》していたのだから、気持ちのいい朝が台なしである。

「葵は椿から逃げ回って役に立たないしさ。そもそも妖魔はたまに掃除するだけでよかったんじゃなかったの？　めちゃくちゃいたんですけどぉ」

華はソファーに横になりながら、責めるようにじとっとした眼差しを向ける。

「それは悪かったな。こっちも急に呼び戻されたから華に直接伝える時間がなかったんだ。今日湧いた妖魔は、華の気配に反応して周辺の奴らが寄ってきただけだろ。別荘の土地は関係してないと思う」

別荘に張ってある対妖魔用の結界は、入ることはできるが出られないという、妖魔を捕獲するための結界となっている。

ただでさえ集まりやすい土地に、普段から妖魔に狙われる華がいたことで、思いがけず妖魔ホイホイのようになってしまったようだ。

こればかりは朔にも想定外だった。

「華が帰って以降は、妖魔も現れていないと報告があったから問題ないだろう。また時間を見つけて掃除しておいてくれ」

「はいはい」

やっぱり面倒なものを引き受けてしまったと後悔が襲ってくるが、今さら返すと言っても朔は受け入れないだろう。

「今度から朔の言葉は信じないことにする」

「そう言うな。任せたぞ」

本音は嫌だが仕方ないと、華は大きな溜息を吐いた。

「あー、もう。嵐で心を癒《いや》すしかない」

そう言うや、華はソファーから起き上がって、近くで横になりくつろいでいた嵐に抱きついて、そのもふもふの毛に顔をうずめた。

魅惑のもふもふが華のささくれだった心を癒してくれるような気がする。

嵐は呆《あき》れつつも暴れることはなく、華の好きなようにさせてくれている。

なんと心の広い神様だろうか。まあ、そのせいでたたり神になってしまったぐらい優しい神様なのだ。

「ところで、急用ってなんだったの？　なんか帰ってきたら屋敷の空気がピリピリしてるんだけど、そのせい？」

「気付いたか」

「そりゃあ、あんだけ張り詰めた空気を発してたら嫌でも気付くって」

一ノ宮に属する術者が頻繁に出入りしており、その全員が怖い顔をしているのだ。

本家とあって、普段から証となるペンダントを首から下げた術者が出入りしてはいたが、その頻度が異様に高い。

これはなにかあったなと、鈍感な者でも気がついただろう。

朔は嵐に抱きつく華の前に胡坐《あぐら》をかいて座ると、真剣な顔で口を開いた。

「術者協会本部に侵入者があった」

「マジで言ってるの」

「ああ。犯人は捕まっていない。目下捜索中だ」

「うぇぇ」

華がひどく驚いた顔をするのは当然だった。

術者にはならず一般の会社に就職するつもりでいたために術者協会のことに詳しくない華でも、協会本部の警備の厳重さは耳にしていた。

関係者以外は、ありんこ一匹中に入れぬ強固なセキュリティーを自負している協会本部。

そんな場所に侵入しようと試みた人間がいたことにも驚くが、本当に侵入してしまったことにさらに驚愕《きょうがく》する。

しかも犯人が捕まっていないとは。

「協会の警備はどうなってんの？」

「警備は完璧《かんぺき》だった。しかし、どうやら内部に協力者がいたようだ。事件以降行方の分からない術者が数名いるらしい」

「それはなんというか、ご愁傷様としか言えない」

「まったくだな」

深く息を吐く朔からは焦燥感のようなものを感じる。

「その侵入者って、ただ侵入しただけじゃないんでしょう？」

そうでなければこれほど多くの術者が動いているはずがないという華の推測だったが、それは当たっていた。

「ああ、侵入者は協会本部に保管されていた呪具《じゅぐ》を持ち去っている」

「呪具っていうと二条院の作った？」

「ああ。しかも危険ランクSSの呪具ばかりだ」

「それめっちゃヤバいやつじゃない！」

「だから、皆ピリついてるんだろうが」

今さら何を言っているんだと言いたげな朔の眼差《まなざ》しが痛い。

華でも知っているその危険性。

呪具と聞くと悪いものを想像しがちだが、すべての呪具が人間に害を与えるわけではない。

そのほとんどが妖魔と戦うために生み出された、対妖魔用の武器と言ってもいい。

そんな中で、危険ランクSSと評価された呪具は、悪用された場合には人間にも大きな災厄を与えかねないと封じられたものなのだ。

それがどんな効果を持っているのか、分家の中でも発言力の弱い一瀬家の華は知らないが、そういう危険な呪具を協会が管理していることは授業で習う。

それと共に、危険ランクSSと評価されたもののすべてが、二条院により作られたものだということも。

「なんでそんな危険なもの簡単に盗《と》られてんの！　本部ってことは一ノ宮の管轄内でしょうに。つまり一番の責任者は朔じゃない！」

華は失礼なほど朔に向けて指を差す。

「だから俺も焦ってるんだろうが！」

くわっと目を剝《む》き朔が吠える。

少々八つ当たりをされているような気がしてならないが、朔もそれほどに焦っているので仕方ない。

「協会ができて以来、これほど重大な不祥事は数えるほどだってのに、よりによって俺の代で起こるなんて……。これを知った馬鹿親父の高笑いが聞こえてきそうだ」

頭を抱える朔は本気で困っている様子。

馬鹿親父とは朔の父親のことだろう。朔がたまに父親のことをそう言っているのを耳にしていた華はそう判断した。

朔と父親の関係も今のところ謎だった。

あまり仲がよろしくないような話を以前していたし、まだ会っていない朔の父親のことを食事の場で話そうものなら一瞬で空気が凍るので、華も聞けずじまいでいる。

この屋敷で唯一朔を「坊ちゃま」と言ってからかえるベテラン使用人の十和《とわ》から、それとなく元気であると教えてもらえたので、いつか会う機会はやってくるかもしれない。

朔の父親のことはその時考えればいいとして、今問題となっているのは協会に侵入した者達だ。

「見つかりそうなの？」

「今、動ける術者を総動員して捜索に当たらせている。どうやら厄介なのが絡んでるそうで、一ノ宮以外の家の力も借りることになるだろう」

「厄介なの？」

「『髑髏《どくろ》と彼岸花』が動いているらしい」

「なにそれ」

なんのこっちゃと、よく分かっていない表情で首をかしげる華に、朔は手で目を覆う。

「お前は、一応五家の分家出身だろうが……。なんで知らないんだ」

呆れ果てた様子の朔。まるで知らない華が悪いと言いたげな彼に、華もカチンとくる。

「知らないもんは知らないんだから仕方ないでしょう。で、髑髏と彼岸花だっけ？それがなに？」

「現場から髑髏と彼岸花の模様が描かれたボタンが見つかったんだ。その模様は以前から存在していたテロリスト集団のシンボルだ。通称、彼岸の髑髏」

「通称がそのまんますぎ」

ぷぷっと笑う華の頭をチョップして黙らせると、朔は続ける。

「彼岸の髑髏は、柱石を護《まも》る役目を負うことで、国内において強い発言力を持った五家を引きずり下ろしたい奴らの集まりでな。五家に支配されたこの国を五家から解放するというのが奴らの言い分だ」

「分かりやすいテロリストの思想ね。というか、柱石のことを知ってるってことは術者の家の出身なの？」

「そうだ。なんらかの理由でないがしろにされてきた術者崩れの集まりだ。術者として実力があるわけではないからこれまで放置されてきたんだが、ここのところ急激に力をつけてきて、方々で問題を起こしていてな。さすがに目に余ると、五家から各術者に警戒と排除に動くよう通達がされようとしていた矢先だった」

「へぇ」

どこか他人事《ひとごと》の華に朔が忠告する。

「奴らは影響力を持つ五家の存在を疎ましく感じている。隙あらば力をそぎ落とそうと、虎視眈々《こしたんたん》と狙っているんだ。奴らの敵は五家。一ノ宮当主の妻である華も狙われる可能性がある」

「えっ！」

自分には無関係だと楽観視していた華はぎょっとする。

「冗談でしょう⁉」

「残念ながら冗談じゃない。奴らは危険な呪具を持ち去ったんだ。それを使って過激な行動を起こさないとも限らない」

「すっごいヤバいじゃないの！」

「だからそう言ってるだろうが、たわけ者！」

朔は目を吊り上げて華の額に強烈なデコピンをする。

「痛い！　なにすんの！」

「華が人の話をちゃんと理解してないからだろ」

「仕方ないじゃない。黒曜《こくよう》に通ってるだけで私は万年Cクラスだし、一般人になるつもりで術者のことに興味なんてなかったからちゃんと勉強してないし」

「今は当主の妻だ。もっと興味を持て」

そう言われても今さら勉強したいとは思えない。

いずれは朔とも離婚して報酬をもらい、悠々自適にのんびり暮らす予定なのだから。

わざわざ覚える必要性を感じない。

そんな華の考えはお見通しだったのか、朔はなんとも凶悪な笑みを浮かべる。

「改善が見込まれなかったら、母上に頼んで特別授業してもらうことになるぞ」

なんという最悪の脅し文句。

華は顔を引きつらせる。

「それは勘弁！」

美桜はツンデレさんで、嫁の教育に関しては見るからに厳しそうなのが分かる。

完璧《かんぺき》主義者というのだろうか。そんな美桜から直々に教えを賜るなんてことになったら、華は間違いなく耐えられない。

他人にも自分にも厳しい美桜と、他人には厳しく自分には甘い華が相容《あいい》れることはないのだ。

確実に嫁 姑《しゅうとめ》問題が勃発《ぼっぱつ》するに違いない。

「だったら早急に知識をつけろ」

「えー。別にそのうち離婚するんだからいいんじゃないの!」

嫌そうに顔を歪《ゆが》める華に対し、朔の頬もひくひくと動いている。

そして、頬を引きつらせながら無理やり作ったような笑みを浮かべて朔が迫ってきた。

「そうかそうか。お前はよほど俺と離婚したいみたいだな。……だったら、離婚したくならないように既成事実でも作っておくか」

そう言うや、華の手を引いて畳の上に押し倒した。

間近に迫った朔の整った容貌《ようぼう》に、華は逃げることも忘れて硬直する。

『無理やりは男としてどうかと思うぞ』

冷静な嵐のツッコミに朔が噛《か》みつく。

「黙ってろ。神には分からない人間の複雑な心情があるんだ!」

『む、む? そうなのか? だが、華はびっくりして動かなくなったぞ? これはいいのか？』

「好都合だ。回りくどいことをしてると華はすぐに逃げようとするから、強引なぐらいがちょうどいい」

『おなごは大事にしないといかんぞ』

「これは夫婦の問題だから大人しくしてろ」

華を下にして嵐と言い合いをしている朔は、華が静かに怒りに震えているのに気がつかない。

「なにが強引なぐらいがちょうどいいだ！　このエロ親父がっ！」

華は押し倒された状態で、自分の上で四つん這《ば》いになる朔のみぞおちに拳《こぶし》を勢いよくめり込ませた。

見事な右フックに朔は苦しげな呻《うめ》き声を上げる。

「ぐうっ！」

お腹を押さえる朔をさらに蹴《け》り飛ばして上からどかすと、嵐に抱きついた。

「嵐、こういう時は葵みたいに問答無用で蹴り飛ばしていいから、見てないで止めてちょうだい！」

『そうなのか？　だが、夫婦の問題に私が首を突っ込んでいいものか……』

「全然いいから今度からすぐに助けて！」

『了解した』

華が気迫に満ちた顔で詰め寄れば、嵐はあまり理解していないようだが頷《うなず》いてくれた。

そんな会話をしていると、ようやく動けるようになった朔が痛そうにしながらもぞもぞと起き上がる。

「華、お前、俺を再起不能にする気か！」

「自業自得でしょうが！　なに考えてるの⁉」

「離婚とか言い出すからだろうが。子供でもできたら離婚したいとか言い出さなくなるだろ？」

「そんなことしたらそれこそ離婚だー！　慰謝料用意しとけ。破産するぐらい搾り取ってやる！」

ぎゃあぎゃあと騒いでいると、華の部屋の外から十和の声が聞こえてきた。

「ほほほ、仲がおよろしいようで私も嬉《うれ》しゅうございます。坊ちゃまにお客様がお越しですよ」

どうやら朔も仕事へ向かう時間のようだ。

やれやれと痛むお腹を押さえながら立ち上がった。

「十和、いいかげん坊ちゃまはやめろ」

「ほほほ。そうでございますね、坊ちゃま」

十和は笑いながらも坊ちゃま呼びは継続するようで、朔はがっくりとしている。

朔もいちいち指摘するのだが、十和に対しては強く出られないようで諦《あきら》めているようにも思える。

朔が生まれる前から一ノ宮で働いていたらしく、なんだかんだこの屋敷で一番強いのは十和なのかもしれない。

あの気難しく厳しい美桜も、十和にだけは丁寧に接しているのを感じるので、一目置いているのは間違いない。

部屋を出て行こうとした朔は足を止めて振り返る。

「さっきも言った通り、彼岸の髑髏には気をつけるんだぞ。学校の行き帰りはちゃんと車を使え」

「はーい。一応気をつけとく。言われても誰がテロリストかなんて分かんないけど」

「まあ、それはしょうがない。けれど、不審だと思う者にはついていくなよ」

「子供じゃないんだから大丈夫よ」

お前は私のオカンかと言いたくなるような心配の仕方をする朔に、華も呆《あき》れ交じりの顔をする。

「俺はしばらく忙しくしているから、なにかあれば母上に言ってくれ」

「了解」

「いい子にしてろよ」

華の頭をわしゃわしゃと撫《な》でると、ふっと口角を上げて朔は部屋を出ていった。

＊＊＊

朔が言っていた通り、以降は屋敷を出たり戻ったり忙《せわ》しなく動いているようだ。

いつもは家族全員で集まる食事の席にも出られないほどなのか、当主の席に朔の姿はなかった。

「今日も朔は出かけてるんですか？」

「そのようでございます」

答えてくれた十和が申し訳なさそうにするが、別に十和が悪いわけではないのだ。

「まだ見つかってないのか……」

華はつぶやく。

協会本部から盗まれたという呪具。

恐らくそれを取り戻すまでゆっくりとはいかないのだろう。

「華さん、術者協会に登録もしていない学生のあなたが心配することではありませんよ。当主の妻としてどんと構えていなさい」

つい叱られているように感じてしまう声色と、つり目がちな美桜の顔立ち。最初こそ厳しそうな雰囲気に気圧《けお》されていたが、最近は美桜が存外優しいことを知る機会も増えた。

今も華を叱りつけているように見えて、心配ないと慰めてくれているのだ。

なんと分かりにくい気遣いだろうか。

きっとその顔立ちと口調で美桜はかなり損をしているのだろうと思えてならない。

まあ、ここで働く使用人達は美桜のそんなツンデレな性格をよく理解しているようなのが幸いだ。

「は、はい！」

美桜を相手にすると自然と背筋が伸びる。

「では食事にいたしましょう」

華の返事に気をよくした美桜が箸《はし》を取ると、華と静かに動向を見守っていた望も箸を手にして食事が始まる。

食事を素早く済ませ、華と望は学校の時間だ。

「のっぞむく〜ん。たまにはお義姉様《ねえ》と登校する？」

「するか、馬鹿！　俺はまだお前を認めてねぇかんな！」

顔を真っ赤にして怒鳴ると、望はさっさと自分用の車に乗り込んで行ってしまった。

それをニヤニヤとした表情で見送る華。

もしここに朔がいたら、からかうのはやめてやれと窘《たしな》めていただろう。

ここに暮らし始めてしばらく経つが、未《いま》だに望とは必要以上の会話をしない。

しかし、華は望が隠れブラコンであることを偶然にも知る機会があった。

朔のことが大好きなくせに反抗してしまう望を、華はついついからかってしまうのだ。

そのせいで余計に望から避けられてしまっているのだが、そんなのお構いなしに華から積極的に関わっていく。

本人は未だにブラコンであることを気付かれていないと思っているのだから、本当に愉快でならない。

いつバラしてやろうかと、華は虎視《こし》眈々《たんたん》とその瞬間を狙っていた。

「いつ勾玉《まがたま》を使おうかなぁ」

華は至極楽しそうにしながら、自らも車に乗り込んだ。

学校へ行けば、相変わらず華は落ちこぼれだ。

一ノ宮では華の力を見せたので、その実力は誰もが知るものだが、ひとたび外に出たらまったく逆の評価がなされる。

望も、以前に華との対決でコテンパンにのされたのに、黒曜学校の誰かに話したりはしていないようだ。

きっと一ノ宮の次男でありながら、分家の華に手も足も出なかったことが恥ずかしいのだろう。

しかも華は、世間では姉の残りカスなんて言われている落ちこぼれなのだから余計だ。

Aクラスの生徒は無駄にプライドが高い集まりというのは華も知っているから、それを責めるつもりもないし、ましてや自分から望に勝ったなどと言い回ったりするはずがない。

今でも華は、落ちこぼれの評価のままでいられるならそうしたいと願っているのだから。

だがまあ、限界も感じ始めている。

結婚したことで、これ幸いと朔が華の力を頼るようになってしまっているから。

犬神の事件の解決や、別荘の掃除といったものを今後もさせられそうである。

朔の手伝いをすればするほど、華の実力が周囲に知られる危険性が高くなってしまう。

その時はその時と諦めるしかないのだろう。

後の面倒なことは朔に押し付けるしかない。

そう結論に至った華は、いつも通りの学校生活を送るのだった。

教室で授業を聞いている華は、あまりの退屈さに教科書に隠れながら大きなあくびをした。

元々術者になるつもりは一切ない華にとって、術者のための黒曜学校は無意味だった。

しかし、朔からも術者の世界のことをもっと勉強しろと言われたので、今日は珍しく起きているのだが、睡魔が襲ってきて仕方ない。

もう諦めて寝てしまおうと悪魔が囁《ささや》いてくる。

また明日《あした》から頑張ればいいかと意識を手放そうとした時、校庭からドーンと激しい音がした。

窓ガラスも振動するほどの衝撃に、華も一気に目が覚めた。

そして、なんだなんだと教室内の生徒が授業そっちのけで窓に集まる。

「爆発？」

「なんかあったの？」

「確か今はAクラスの実技の時間じゃなかった？」

Ａクラスと聞いて華が反応する。

野次馬をかき分けて外を覗《のぞ》くと、よりによって三年のＡクラスの授業中だった。

思わず華は葉月の姿を探してしまう。

式神同士の対戦でもしていたのか、生徒以外に多くの式神がいた。そのため、なかなか葉月を見つけられないでいると……。

「あっ、華ちゃんのお姉さん見っけ」

いつの間にか隣に来ていた友人の鈴《すず》が指を差した方向には、校庭にできた爆発の発生源と思われるクレーターの側に葉月の姿があった。

なにやら顔を青ざめさせており、望が慌てたように葉月に駆け寄っていたが、他の生徒は遠巻きにしている。

いったいなにがあったのか、ここからでは分からない。

「あずは、姿を消して様子見てきてくれる？」

周囲に生徒もいるので、あずはは返事をすることなくすっと消えていった。

「ほら、お前達、席に座れ！」

教師がパンパンと手を叩《たた》いて着席をうながす。

皆気になって仕方ないようだが、校庭の方でも生徒が式神を消して授業を中止したようなので、華のクラスも次第に落ち着きを取り戻していく。

しかし、依然気にはなるようでその後の授業は誰も集中していないようだった。

休憩時間になると戻ってきたあずはが話せることを知られないように、華は次の授業をサボることにした。

空き教室で、人が来ないように結界を張ってからあずはに問う。

「なにか分かった？」

『あるじ様のね、お姉さんが力を暴走させちゃったみたい』

「葉月が？」

華は驚く。

確かに葉月は人型の式神を作り出すほどの強い力を持っているが、力を暴走させたことなどこれまで聞いたことがない。

葉月は未熟な子供の頃ですらきちんと制御ができていたほど、力の扱いがうまい。

そんな葉月が今になって暴走させるなんて、と華は信じられない思いだった。

「力を暴走させてしまうほど、葉月の感情が揺れているってこと？」

力が術者の心に強く左右されるのは、術者ならだれでも持っている知識だ。

だからこそ、それ以外に理由が思いつかない。

しかし、すでに一瀬の家を出てしまった華に、最近葉月の身になにがあったかなんて分かるはずもなく。

『気になるの？　あるじ様』

ストレートなあずはの問いかけに、華は苦虫を噛《か》み潰《つぶ》したような顔になる。

「まあ、そりゃあね……」

一瀬を出た時にもうあの家とは無関係だと思ったが、やはり葉月のことになるとどうしても気になってしまう。

これが両親のことだったら、「あ、そう」で済ませられるというのに、気にしないようにしていても気になってしまうのは双子だからなのだろうか。

しかし、今さら自分が首を突っ込んでも、なにをしに来たと葉月に追い返されるだけだと思う。

もう葉月のことを気にすることは許されない。

華の方からその権利を断ってしまったのだから。

「どうしたものかな……」

兄の柳《やなぎ》ならばなにか知っているだろうか。

けれど柳とは会話をしなくなって久しく、もちろん電話番号なんて知らなかった。

知っていたところで、兄になんと切り出したらいいか分からない。

それにやはりほとんど家に帰ってこない柳が、葉月の状況を知っているとも思えなかった。

兄妹《きょうだい》でありながら、この繋《つな》がりの薄さは問題かもしれない。今さらなにを言っても仕方ないのだが。

「あー、詰んだ」

葉月が力を暴走させるまで動揺することなんか、間違いなく一瀬家の問題に決まっていると華は確信している。

子供のことは道具としか思っていないあの両親が、なにか葉月に無理難題を押しつけたのだろう。

華はあの両親に耐えられなくなって逃げ出した。

けれど葉月は今もあの両親が作った檻《おり》の中で生活しているのだ。

そう思うとなんとも言えない感情が華を襲う。

「関係ない、はずなのにな……」

華は両手で目を覆った。

とっくに捨てたはずの感情を表に出さなくするかのように。

どうしたらいいのだろうか。

華には分からず、身動きが取れなくなってしまった。

＊＊＊

結局なにをするでもなくその日の授業を終えた華は、朔に気をつけろと言われていたのも忘れ、気分転換に寄り道をしていた。

この先にお気に入りのパフェを出しているカフェがあるのだ。

あれだけ深刻そうな顔をしていたのに、今やもうパフェのことしか頭にない。

「はっやく食べたい、パフェちゃんよ〜♪」

即席の歌を歌いながら歩いていると、不意に声をかけられた。

「あの、一瀬華さんですよね？」

かわいらしい声に足を止めた華が振り返ると、なにかに怯《おび》えたようにビクビクとしながらも強い眼差《まなざ》しで華を見据える、同じ年頃の女の子がいた。

栗色の髪は緩く巻かれたボブカット。たれ目がちな顔は庇護《ひご》欲をそそるような可憐《かれん》さがある。

そしてその横には彼女と顔立ちが似た、スポーツでもしていそうな黒髪短髪の少年がいた。

身長は望よりも少し高いように見える。

その二人に目を向けた華はぎょっとして後ずさった。

二人になにかあるわけではない。その後ろで仁王像のように睨《にら》みをきかせるスーツの男達がいたからだ。

華は一瞬で悟った。関わってはいけない種類の人達だと。

華はくるりと方向を変え、ダッシュで逃げた。

それに慌てふためいたのは少女だ。

「ま、待ってください!!」

少女は叫びながら追ってくるが、待てと言われて待つ馬鹿はいないとばかりにむしろ速度を上げる。仁王達も集団で追いかけてくるから、なおさら怖い。

しかし、残念ながら少年の方にあっさりと捕まってしまう。

摑《つか》まれた手を振り払えば、あっさりと放される。

「どうして逃げるんですかー!」

ようやく追いついてきた少女は、半泣きで怒りをぶつける。

「いや、普通逃げるでしょ」

彼女には後ろの仁王達が見えていないのか。

華じゃなくても絶対に逃げるほど威嚇してくるのだが。

息を整えた少女は、オドオドしながらも強い口調で華に告げる。

「あ、あなたにお話があるのでついてきてください」

「すみません。不審者にはついていくなときつく言われてるんで」

食い気味で拒否した華に、少女は声を荒らげる。

「不審者じゃありません！」

「不審者は皆そう言うんですよ」

「ほんとに違いますから！」

なにやら前にも似たようなやり取りをしたなと、既視感を覚えつつ通りすぎようとしたが、またもや少年に手首を摑まれる。

無言で睨みつけると、相手は表情一つ変えずに無言で見返してきた。

じーっと睨み合いが続いていると、少女がお付きの仁王の一人を前に出し、その首から下げていたペンダントを奪い取った。

それは華も見慣れたものだったので、驚いた顔になる。

「それ、術者協会のペンダント」

他の仁王達も華に見せるように、それぞれ首に下げたペンダントを掲げた。

白と金色ばかりということは、一色と二色。ランクとしては高くない。

見た目は漆黒ぐらい持っていそうな迫力があるのに、なんとも期待外れである。

だが、まあ、身分を証明するものとしてはこれ以上ない効果があった。

「話を聞いてくれる気になりましたか？」

「一応ね。でも安心はしてないわ。この間の協会に侵入した人達のこと、知らないわけじゃないでしょう？　犯人は術者らしいから」

「わ、私達は違います！」

「だったら、それを証明してよ」

不審な行動をしたら即座に逃げられるようにあずはを待機させる。

そんな警戒心いっぱいの華を前に、少女は非常に困ったようにして涙ぐむ。

「証明、証明……。えっと、えっと……桐矢《きりや》、どうしよう」

最終的に少女は、未《いま》だ華の手首を掴んでいる少年に助けを求めた。

すると桐矢と呼ばれた少年は、ポケットからスマホを取り出し画面を華に見せる。

そこには朔と、朔の隣で微笑む目の前の少女の写真があった。

これには華も目を丸くする。

「朔の知り合い？」

問いかけると、初めて少年が声を出した。

「俺達は二条院当主の孫。俺は桐矢で、そっちが桔梗《ききょう》だ。よろしくお願いします」

無表情で礼儀正しく頭を下げる桐矢に呆気《あっけ》にとられる華は、つられるように頭を下げた。

「あっ、こちらこそ。ご丁寧にどうも」

と、礼をしたところで、急速に頭の中が整理されていく。

「って、孫？　二条院の？」

「うん、そう」

「そうなんだ……。ははは……」

まさに笑うしかない。

五家の一つ、二条院の直系を不審者呼ばわりしたことが朔にバレたら、きついお灸《きゅう》をすえられそうだ。

「これで証明しましたよね？　ついてきてくれますよね？」

何故そんなにオドオドするのかと問いたくなるほど自信のなさそうな少女、桔梗。

二条院の人間ならば断る理由もないと華が頷《うなず》けば、いつでも術を発動させられるようにしていたあずはも警戒を解いた。

そして、華はもともと行くつもりだったカフェで話をすることにした。

とりあえずこの店の一番人気のパフェを注文し、少しして飲み物が先に運ばれてくる。

華と桔梗と桐矢が座る席の周囲は仁王達に完全に囲まれた。

なんともシュールな光景だ。

人気の店だというのに客足が少ないのは、きっと彼らのせいだろう。

外から見える窓側を仁王達が固めているために、外を通る人達がぎょっとしている。

営業妨害だと怒られないか心配だ。

飲み物を飲んでひと息吐いたところで、華から本題に入る。

「それで、私に話ってのはなに?」

桔梗と桐矢にそれぞれ視線を向けるが、桐矢は桔梗が話し出すのを待っているあたりからすると、話があるのは桔梗の方のようだ。

「……さい」

「えっ?」

あまりにも小さな声に華は聞き返す。

「朔様と別れてくださいっ!」

「へ?」

ぽかんとする華に構わず桔梗は続ける。

「朔様はとても素晴らしい方なんです! 最年少で漆黒を手にし、あの若さで当主となり、柱石の結界の強化も問題なく完了させてしまわれた。術者としても男性としても最高の方で、それなのに彼が妻に迎えたのはあなたのような、お、落ちこぼれだった」

桔梗は華に怒られないかと顔色を窺《うかが》うように話す。

「あなたの双子のお姉さんだったら私も納得しました。でも、あなただったら私の方がずっと朔様の役に立てます！」

「つまり、あなたは朔が好きで、自分が奥さんになりたいと？」

「そ、そ、それは、そのっ……」

桔梗は顔を真っ赤にして俯《うつむ》いてしまった。

それだけ啖呵《たんか》を切っておいて今さらなにを恥ずかしがるのか。

「考えなくもないわよ？」

「えっ、本当ですか！」

ぱっと表情を明るくする桔梗。しかし、「はい、そうです」と済ませる華ではない。

「あー、でもなあ……」

「どうしたんですか？」

「私は一瀬の家とは絶縁状態なのよ。その代わり朔にはいろいろと援助してもらってるし、就職も斡旋《あっせん》してくれるようにお願いしてあるの。朔と別れちゃったらそういう諸々《もろもろ》がご破算になって、一人で生活していけなくなっちゃうから」

まあ、そのうち離婚するだろうが、今すぐとはいかないと華は思っている。

というか、今は何故か朔に執着されているので、朔の興味が薄れるまで離婚は無理だろう。

華がなんと言おうと朔は一ノ宮当主。華とは持っている権力の大きさが違う。

「ってことで離婚は無理かな」

ごめんねと笑って終わらそうとした華の前に、桔梗がさっと差し出したのは金額の書かれていない小切手と離婚届。

ぎょっとする華に桔梗は言った。

「朔様と別れてくれたら十億差し上げます」

「…………」

あまりの金額に呆気に取られていると、無言を拒否と受け取ったのか、値段を吊《つ》り上げてきた。

「では十五億」

それでも反応しない華に、桔梗も一気に値を吊りあげた。

「三十億です！」

チャリーンと、華の頭の中でお金の音がした。

「どこに名前書けばいいですか〜？」

いそいそと鞄《かばん》からボールペンを取り出し離婚届に手を伸ばす華に、桔梗も表情を明るくする。

「桐矢やったよ」

「頑張った頑張った」

よしよしと桔梗の頭を無表情で撫《な》でている桐矢。

桐矢は先ほどから表情も声の調子も全然変わらないが、桔梗とは仲がよさそうに見える。

うちとは大違いだなと思いつつも、頭の中を占領するのは、三十億円という途方もないお金だ。

「ねえねえ、名前ここでいいの？」

「はいそうです！」

「本当に三十億くれるの？　詐欺じゃないよね？」

「もちろんです！　二条院の名にかけて必ずお支払いします。なのであなたも離婚届にちゃんとサインしてください」

「書く書く〜。喜んで書きますとも〜」

「喜ぶな、このアホが！」

突然激しいツッコミと共に、ご機嫌で名前を書こうとしていた華の後頭部がべしんといい音を鳴らして叩《たた》かれる。

あやうくテーブルに額を打ちつけそうになったが、ギリギリ回避した。

人の頭を遠慮なく叩いたのはどこのどいつだと振り返れば、そこにはこめかみに青筋をうかべる朔がいた。

「げっ、朔」

「げっとはなんだ！　華につけていた護衛から二条院の本家のやつに絡まれていると聞いて、忙しい中来てみれば……」

ぎろりと睨《にら》む朔は、華の手元にあった離婚届を奪うと、その場でビリビリに破いてしまった。

「ああ〜。私の三十億がぁぁぁぁ！」

「金に釣られるな。この金の亡者め」

朔は再び華の頭を軽くはたいた。

「お前はなにやってるんだ!?　学校の行き帰りはちゃんと車を使えと言っただろう！　言いつけを守らなかったばかりか、見知らぬ相手にのこのこついて行きやがって。お菓子をくれても知らない人についていくなと教えられなかったのか？」

「耳元で怒鳴らなくても聞こえてるわよ！　だって仕方ないじゃない。三十億よ、三十億！　これは騙《だま》されたと思って賭《か》けに出るしかないでしょう！」

「賭けるな、大馬鹿者！　普通は怪しくて断るぞ」

朔はテーブルの上にあった小切手も破いてしまい、華は悲嘆にくれる。

「まだお前のものになってない。諦《あきら》めろ。……それよりも、どういうつもりだ、桔梗に桐矢」

「私の三十億〜」

嘆く華は放っておいて、朔は向かいに座る桔梗と桐矢に厳しい眼差《まなざ》しを向けた。

「あ、あの、朔様……」

桔梗はオドオドしながら顔色を悪くし、桐矢は表情一つ変えずに朔を見る。

「こいつになにを吹き込んだのか分からないが、俺は華と離婚するつもりはさらさらない」

断言する朔の言葉に、桔梗は傷付いたような表情を浮かべたが、朔は気にせずつけ加えた。

「この婚姻は一ノ宮の問題で、二条院の家の者に口を出される筋合いは微塵《みじん》もない。これ以上華に絡むようなら、一ノ宮当主として二条院の当主に苦情を入れることになるぞ?」

「ひう、おおおおじい様に」

「…………」

朔にそう言われて桔梗は激しく動揺を示し、初めて桐矢の表情が嫌そうに歪《ゆが》んだ。

ちゃんと表情に出せるではないかと感心していると、朔に手を取られて華は店の外に向けて歩き出す。

　その途中、ちょうど華が注文したパフェが来たようで、華は留《とど》まろうとするも朔にずるずると引きずられていく。

「朔、待って。私のパフェが」

「諦めろ」

「嫌だ～」

　問答無用に外に出され、店の前に停まっていた車に放り込まれた。

　その際にいろんなところをぶつけて地味に痛い。

「扱いが雑すぎる。もっと優しくしてよ」

　不満をぶつける華だが、朔に怖い顔で睨まれて口元を引きつらせる。

「このくそ忙しい時に面倒を起こすからだ。ちょっとは大人しくできないのかっ」

「それは理不尽だってば。絡んできたのはあっちで、私は大人しーくパフェを食べようとしてただけだもん」

「ほう。その割には嬉《うれ》しそうに離婚届に名前を書こうとしていたように思うが？」

「それはその……、あれよ、あれ……」

　うまい言いわけが思いつかず、華は視線をさまよわせた。

　すると、横から朔の手が伸びてきて華の顎《あご》を捕らえると、そのまま唇を奪った。

後ろに逃げようにも、空いた手が察知したように華の後頭部に回され、逃げ道を塞《ふさ》がれる。

もうこうなってしまっては華には抵抗の術《すべ》はなく、朔に貪《むさぼ》られるだけ貪られてしまう。

深く濃厚なキスを存分に楽しんで、ゆっくりと離れた朔の顔は意地が悪そうに口角を上げていた。

先ほどの不機嫌さが嘘のように、なんとも楽しそうである。

「馬鹿朔……」

息も絶え絶えで顔を赤くした華は、そう文句を言うので精一杯だった。

「だが、嫌ではないだろう？」

なんとも傲岸不遜《ごうがんふそん》に笑う朔が憎らしい。

朔の言うように、嫌悪感を覚えていないのを見透かされたようでしゃくだ。

せめてもの反抗に、手の甲で唇を拭《ぬぐ》ってやる。

「それはさすがの俺でも傷付くぞ」

「朔が悪いんでしょ！　あんな……」

先ほどのキスを思い出して、引きかけていた熱が顔に集まってくる。

「気持ちよかったか？」

「馬鹿っ！」

ここに武器があったら間違いなく朔の脳天に振り下ろしているだろう。

「まあ、だが、これは冗談でなく、できるだけ外出は控えてくれ」

急に変わった真剣な声色に、華の顔つきも真面目になる。

「そんなにヤバそうなの？」

「すでに術者が数人やられた」

華は息を呑《の》む。

「相手は手段を選んでない。一番危険なのは五家の人間だ。母上達にも先ほど注意を促したところだ」

「それじゃあ朔も危険じゃない」

「俺を誰だと思っている。最年少で漆黒を得た天才だぞ。華が心配することはない」

朔は余裕そうにふるまっているが、華の不安が払拭《ふっしょく》されるわけではなかった。

「いい子にしてろよ」

そう微笑むと、今度は触れるだけの優しいキスを落とし、朔は車の外に出た。

「朔も気をつけて」

華は気の利いた言葉が思いつかずにありきたりな言葉をかけたが、朔は嬉しそうに笑った。

「ああ」

バタンと車の扉が閉められ、朔を置いて発車する。

華は不安そうな表情で朔が見えなくなるまで後ろを見ていた。

＊＊＊

桔梗と桐矢の突撃から数日後、登校するや鈴がハイテンションで駆けてきた。

「ねえ、華ちゃん、聞いて聞いて～。今日から三年のAクラスに別の地域の黒曜学校から転校生が来るんだって」

「へぇー」

「華ちゃんテンション低い～」

唇を突き出して不満顔な鈴。

「逆にどうして鈴はそんなにテンション高いの？　AクラスならCクラスの私達には関係ないじゃない」

Aクラスの生徒はCクラスのことを落ちこぼれとしか認識していないので、Aクラスには関わるな、関わってもいいことはないぞ、といって、よほどの用事がない限りAクラスの教室には近付かないのが暗黙の了解となっている。

Aクラスも C クラスなど眼中にないので、あちらから寄ってくることもない。

「だってね、転校してくるのは二条院直系の双子なんだって。華ちゃんと同じ双子だよ。それに二条院の双子っていえば、次期当主候補に名が挙がっている二人って話なんだけど、華ちゃんは知ってた？　次期当主になるかもしれない人なんてすごいと思わない？」

「ふーん」

キャッキャと楽しげにする鈴と至極どうでもよさそうな華との温度差が激しい。

鈴がここまで騒ぐのも仕方がない。

末端の術者にとって、五家の当主とは天の上の存在。

羨望《せんぼう》と憧《あこが》れが一身に向けられて然《しか》るべき人達なのだ。

よくよく周囲を観察してみると、教室の中はやって来る転校生の話で盛り上がっているようだった。

術者の家に生まれた者が必ず通うことになっている黒曜学校は、五家の各地域に存在している。

華が通うのは正確には黒曜第一学校。そして、今回二条院の双子は黒曜第二学校から転校してくる。

「思ってるより普通の人かもよ？」

「そりゃあ、一ノ宮ご当主の奥さんである華ちゃんには騒ぐほどのことじゃないのかもだけどさー」

「いや、私だって朔以外の五家の当主と会ったことなんてないって」

「そうなの？」

「そうそう。あー、でもちょっと前に二条院の当主の孫って人達と会ったかも。桔梗と桐矢とか言ってたかな」

名前を言った瞬間、華は驚いた顔をした鈴に肩を掴《つか》まれた。

「華ちゃん、転校生ってその二人だよ！」

今度は華も目を大きくする。

「えっ、本当に？」

鈴に彼氏ができたと聞いた時以来の衝撃だ。

あの二人は双子だったのかという驚きと共に、次期当主候補と呼ばれるほど実力のある術者とはとても見えなかったという思いが湧く。

特に、オドオドとしていた桔梗に当主が務まるようには思えない。

一族の当主があんなになにかに怯《おび》えていては、下の者が不安がるだろうに。

やはりそこは、朔ぐらいに自信家で傲岸不遜な方が当主には向いているのかもしれない。

ざわざわとした喧騒《けんそう》は、チャイムと共に入ってきた担任によって静まった。

つつがなくホームルームが終わると、一時間目の授業が始まる。

これまでなら、授業開始と共におやすみタイムに入るほどやる気皆無だった華だが、最近はちゃんとノートを取っている。

いや、それが普通なことなのでなんの自慢にもならないのだが、授業＝睡眠時間と認識していた華には驚くべき成長だ。

華が起きて真面目にペンを走らせているのを見た教師が、「お前、やっとやる気になってくれたのかっ」と感激するほどに、Ｃクラスの授業を行う各教科の教師の間でも激震が走ったのだった。

いかにこれまで華が術者になりたくなかったかが窺《うかが》える。

忙しくてまともに会えていない朔から、今度の試験で平均点以下だったら即美桜に告げ口すると言われているので、華も美桜の特別授業を受けないようにするのに必死なのだ。

授業が終わり休み時間になると、これまでサボっていた分のノートを鈴から借りていそいそと書き写す。

「華ちゃんってば、急に勉強頑張ってどうしたの？」

「今度の試験が終わるまでは勉強の鬼になるの。なにがなんでも全教科平均点以上取ってみせる」

「えっ、無理じゃないかな」

親友からのなんとも痛い返しに、せっかく湧き上がっているやる気が削《そ》がれる。

「鈴〜」

「だって、華ちゃんって黒曜に入学してからの試験、ずっと全教科赤点だし」

「くっ、それを言わないでよ」

中学生の頃までは、なんとか両親に褒められたいと寝る間も惜しんで勉強をしていたおかげか、成績はそれなりによかった。

しかし、一瀬の家に見切りをつけてからは、頑張ることが無意味に思えて勉強は適当になった。

そんな中で黒曜に入学して念願のCクラスに入ると、米粒ほどには残っていた両親からの期待も儚《はかな》く消え去り、その呪縛《じゅばく》から解放された反動で遊びまくると、隠さなくとも成績が面白いほど落ちていった。

両親は最初こそ怒りをあらわにしていたが、すぐに興味は葉月へと移ったので、これ幸いと授業もまともに受けず勉強もしなくなったのだ。

そんな華が赤点続きなのは当然と言えば当然のこと。

地頭は悪くないのだが、明らかな知識不足だった。

「ほんとに困るのよ！　このままじゃえらい目にあっちゃう」

今ほど朔と結婚したことを後悔したことはない。

「鈴、勉強教えて」

「えー、無理だよう。私も成績よくないもん。それよりも華ちゃんにはAクラスにお姉さんがいるじゃない」

「できるものならそうしてるって」

ボソッと呟《つぶや》いた華の言葉は鈴には届かなかったようで、首をかしげている。

「なんでもない。葉月とは教室が違うし聞きに行けないでしょ？」

「確かに。Cクラスの私達がAクラスの教室に行くのはハードル高いもんね」

「そういうこと」

なんとか鈴を納得させられて、華は胸をなで下ろす。

鈴には一瀬での扱いも、家族関係が破綻《はたん》していることも話していない。

そのため、鈴は当然のように双子だから仲がいいと思っている。

葉月は優等生を演じているので、華への悪口に対しそれとなく窘《たしな》めているから余計だろう。

華もそんな鈴の勘違いを訂正するつもりはない。

そんなことをしても、ただ鈴に気を遣わせてしまうだけだと分かっているから。

「じゃあ、ご当主の弟さんに頼んでみたら？」

なにも知らず朗らかに笑う鈴はとんでもないことを言い出した。

いや、そこまでとんでもないことでもないかもしれない。

「弟って、望のこと？」

「わぁ、呼び捨てにしてるの？　やっぱり義理の弟だから？」

「あー、まあね」

本家の人間を呼び捨てるのは、鈴にとっては驚くべきことのようだ。

まあ、華も朔との関わりがなかったら、本家の人間の名前を呼ぶどころか知り合いにすらなっていなかった。

朔に関しては名前で呼ぶように言われているが、望には特に指定されていないので勝手に呼んでいるだけなのだが。

なにせ、夫とはいえ当主である朔が呼び捨てなのに、弟に敬称をつけるのもなにかおかしい。

望からも文句は言われていないので大丈夫なはずだ。

「にしても、そうか。望がいたか」

あのツンデレ隠れブラコンのことだ、朔を上手《うま》く使えば協力してくれる可能性は高い。

「例の勾玉《まがたま》を使う時が来たかな？　でもなあ」

華の前ではツンしか見せない望に教えられることを考えるだけで、げんなりしてくる。

しかも、屋敷で勉強会なんて開いていたら、美桜の耳に入り、華の成績がバレてしまうかもしれない。

それはまずい。

華の成績だけは美桜に絶対見せられない。

見られた日には、その場で美桜特別授業が確定してしまう。

「ヤバい、詰んだかもしれない……」

華が頭を抱えていると、もうすぐ次の授業が始まる時間だというのに廊下が騒々しい。

「なにかな？」

「男子が馬鹿騒ぎしてるんじゃない？」

自分には関係ないと無関心でいた華だったが、次の瞬間そうもいかなくなった。

「こ、ここにいました ー！」

教室内に響いた大きな声に、ノートを書き写していた華も驚いて顔を上げる。

「あっ」

華はその人物を見て小さく声を出した。

周囲が騒然とする中で教室に我が物顔で入ってきたのは、先日会った桔梗だ。

桔梗の後ろから桐矢もついてくる。

何故か半泣きの桔梗と違い、今日もなにを考えているか分からない表情をしている。

さらに驚くことに、二人に続いて葉月までが慌てた様子で教室内に入ってきたものだから、Cクラスの生徒が更にざわめいた。

「えっ、なんでAクラスの子が来てるの？」

「しかも一瀬さんじゃん。ラッキー」

「あれ、噂の転校生だよ」

「えーそうなんだ。なにしに来たんだろう？」

などとCクラスの生徒がひそひそと話しているのをよそに、華に向かって一直線に桔梗はやって来た。

「どうしてAクラスじゃなくてCクラスなんかにいるんですかぁ⁉」

「いや、なんでって言われても、私は黒曜に入った時からCクラスだけど」

「朔様の妻ともあろう人がCクラスなんて、恥ずかしくないんですか！」

「全然」

もとより契約により始まった結婚だ。朔のために上を目指そうという向上心など端《はな》からない。

今勉強しているのも、朔のためではなく自分のためである。

「そこは恥ずかしがってくださいっ」

「そう言われてもねぇ」

華も困ってしまう。

しかも、そんな今にも泣きそうな顔で詰め寄られたら、まるで華が虐《いじ》めているように見えるではないか。

「華ちゃん。転校生の子になにかしたの？」

と、さっそく鈴から疑いの眼差《まなざ》しが向けられる。

「鈴、私はなにもしてないから、誤解しないように。あなたも、急にやってきて失礼じゃない。私がどのクラスにいようと関係ないでしょう」

「そ、それはそうですが……。でも、朔様のことを考えると……」

「一ノ宮の問題は一ノ宮のものだって、朔に警告されてなかった？」

「うっ……」

華のさほど厳しくない返しに動揺する桔梗が目に涙を溜《た》め始めると、鈴から非難の目が投げつけられる。

「華ちゃん、虐めたら可哀想だよ」

「断じて虐めてないから！　彼女はいつもこんな感じよ」

いつもというほど桔梗を知っているわけではないが、以前に会った時は終始自信がなさそうにしていた。

これはもう性格だろう。

「なんにせよ、私が落ちこぼれだってあなたは知ってたんじゃないの？　そんな私が気に食わなくてこの間も会いに来たんでしょう？」

「それはそうなんですが、まさかCクラスにいるほどの落ちこぼれだなんて思っていなかったんです。気合いを入れてAクラスの教室に向かったらあなたの姿はなくて、あなたはCクラスだって望さんからお聞きした時の私の衝撃が分かりますか？」

「知らんがな」

「はう」

華がばっさりと切り捨てると、桔梗は肩を落としている。

目薬でも差しているのかとツッコみたくなるほどウルウルと目を潤ませる桔梗を見ながら、なにかに似ているなと華はどうでもいいことを思った。

すると、それまで静観していた桐矢が桔梗の肩を叩《たた》いた。

「行こう」

言葉少なに告げると、桐矢は教室の入り口を指差す。

そこには授業を始めたいのに中に入れずに困った様子の教師がいた。

いたなら注意しろよと思ったのは、きっと華だけではないだろう。

なにを空気になっているのか。

そこは教師としてビシッと叱ってほしいが、二条院の当主候補という二人を注意して機嫌を損ねたくないという教師の損得勘定が働いたような気がする。

黒曜学校は私立で、運営は五家によって行われているから、二条院本家の二人の相手は雇われ教師には荷が重かったのかもしれない。

恐らく止めに来ただろう葉月も、どうしていいか分からずに困惑しているだけで、なんのために来たのやら。

華が久しぶりに近くにいる葉月を見ていると、葉月も華を見る。

互いの視線が交差したが、すぐに葉月の方から逸《そ》らされた。

それは華の存在を否定しているかのように感じられて、なんとも言えない気持ちが渦巻く。

先日の力の暴走のことを詳しく聞きたかったが、この様子では話してくれそうにはなかった。

同じ双子なのに、仲良さそうにしている桔梗と桐矢とはずいぶんな違いだ。

だが、そうなってしまった原因は華自身の行動にもある。

葉月よりも自分の平穏を選んでしまったのだから。

そんな自分が今さらなにを葉月に言えるのか。

「二条院さん、二条院君、教室に戻りましょう」

「はい、すみません。つい勢いで飛びだしてしまいました……」

方々に迷惑をかけた自覚があるのか、葉月に促されて申し訳なさそうにする桔梗と、無表情のままの桐矢は帰っていった。

そしてようやく授業が始まったのだが、これで終わりそうにないなと、華は小さく溜息《ためいき》をついたのだった。

# 三　章

桔梗と桐矢が転校してきて、華の学校生活には少しの変化があった。

「華ちゃん、また来てるよ」

「え〜」

ややげんなりとした表情の華が教室の出入り口に視線を向けると、無言でじーっとこちらを凝視してくる人物がいた。

桔梗である。

華がCクラスにいると知ってからというもの、休み時間のたびにやって来ては、華になにかを言ってくるわけでもなく、ただひたすら見てくるのだ。

最初こそAクラスの上に二条院直系の桔梗は注目の的だったが、数日もすればCクラスの生徒も慣れてきて、今ではまた来たかとばかりに空気扱いとなっている。

桔梗のすぐ隣では桐矢が興味なさそうにスマホを触っていた。

一緒に来るなら連れて帰ってくれればいいものを、桐矢はどんな心情で桔梗の謎の行動に付き合っているのだろうか。

華を観察するよりも、Aクラスの生徒と交流した方が建設的だと思うのだが。

それでも桔梗は華に固執している。

それだけ朔を好きなのだろう。

朔にはその様子は見られなかったので、完全な桔梗の一方通行なのがなんとも悲しい。

大きな目をウルウルさせて恨めしげに見てくる桔梗はなにかに似ているなと思ったが、あれだ、鈴の連れているリスの式神に似ているのだ。

式神を使った実技の時に、戦いたくないとつぶらな瞳《ひとみ》で懇願するも、願いが聞き入れられずに恨めしげな眼差しを鈴に向ける時の姿にそっくりだ。

喉《のど》に刺さった小骨が取れたようで華はスッキリする。

そうこうしていると、授業の始まりを告げるチャイムが鳴り、桐矢が動く。

「桔梗、行くよ」

「はい……」

大人しく頷《うなず》く桔梗は、名残惜しそうに華を一瞥《いちべつ》してから自分のクラスに帰っていった。

「ほんとに、なにしに来てんだか」

言いたいことがあるなら言えばいいのに。

いや、言いたくても言えないのか。

華に絡むなら二条院の当主に報告すると朔が警告をしたので、下手に文句も言えないのだろう。

それだけ当主のおじい様というのは恐ろしいのか。

会ったことはないので華の想像でしかないが、美桜のように厳しい人を思い浮かべてしまう。

鈴の情報によると七十歳を越えた高齢の男性のようだ。

朔の妻でありながら、鈴よりも五家の情報に疎いのはやはり問題かもしれない。

このままだと美桜の特別授業は確定かと、華は血の気が引く思いだ。

「くぅ、今は他のことに気を取られてる暇はないってのに。あんなに毎時間ごとに見られたら集中しようにもできない」

「そうじゃなくても、華ちゃんに平均点以上は無理だよー。諦《あきら》めて遊んじゃおうよ」

ほんわかした笑顔でなんという悪魔の囁《ささや》きをするのか。

「鈴～。私を誘惑するのはやめてよ。ほんとに点取らないとまずいんだって」

「無理無理無理～。華ちゃんだもん。九割九分九厘、赤点取るに決まってるよ」

「否定できないのがつらい……」

頭を抱える華だが、可能性が低いからといって勉強をやめるわけにはいかない。

「大丈夫。私はやればできる子！……なはず」

最後につけ加えられた言葉が、華の自信のなさを表していた。

そんな後がない華の勉強を邪魔するように、昼休みに問題が発生する。


華は、食堂でうどんをすすりながら教科書を読むという行儀の悪さを披露していた。うどんのつゆが教科書に飛ぶのに気をつけている向かいでは、鈴が不機嫌そうにしている。

「もう、華ちゃんたら、食事中ぐらい勉強はやめたらいいのに」

「だって、時間が惜しいんだもん。試験はもう目前に迫ってるし」

「そうだけどぉ」

鈴は華とおしゃべりができずに不満そうだ。

「その代わり、試験が終わったらどこか遊びに行こう」

「わっ、本当！　華ちゃんとお出かけするの久しぶりだから嬉《うれ》しい。最近付き合い悪いんだもん」

「ごめんね。朔から今は自重するように言われてるのよ」

「ご当主様の命令なら仕方ないね」

朔の名を出せば、当主の命令は絶対と幼い頃より叩《たた》きこまれている術者の家出身の鈴は納得した。

「その頃には解決してるといいんだけどねぇ……」

未《いま》だ朔からは呪具《じゅぐ》を取り返しただとか、いい報告は聞けていない。

まだまだ忙しくしているので、もうしばらくかかりそうだ。

まったく面倒な事件を起こしてくれたなと、自由に寄り道もできない華はストレスが溜《た》まってきて、彼岸の髑髏《どくろ》なる奴らへの恨みが湧いてくる。

「ごちそうさまでした」

うどんを食べきって手を合わせた華は、食器を片付けようと席を立つ。

「あっ、待ってよ、華ちゃん」

「鈴はゆっくり食べてていいよ。私は先に教室に帰って勉強してるから」

「むう。華ちゃんとおしゃべりしたいのに」

むくれる鈴に申し訳なくなりながら華は苦笑する。

「いっそ鈴も一緒に勉強する？」

「えぇ～」

ものすごく嫌そうな顔をする鈴に、華もツッコむ。

「いやいや、鈴の進路の希望は術者協会なんでしょう？　協会では学校での成績も考慮されるって話じゃない」

これは、卒業生の半数以上が術者協会に登録することから、一年生の時より教師に口うるさく言われることだ。

「それはそれ、これはこれなんだよ」

鈴は逃げるようにそっと視線をそらした。

どうやら分かっていても勉強は嫌なようだ。

「それに私は後方支援希望だから大丈夫！　勉強できなくてもなんとかなるよ」

どこから来るのか、鈴は自信満々で言い切った。

すると……。

「術者の世界はそんな生易しいものじゃありません」

鈴を窘《たしな》めるような言葉を発したのは、いつもは一定距離おいたところから見ているだけの桔梗だった。いつの間にか側に来ていたのに気付かなかった。

彼女の横には当たり前のように桐矢がいて、なにを考えているか分からない黒い瞳でこちらを、というか鈴を見ている。

「協会の術者は後方支援の者を含め、皆が命懸けでこの国を守っています。それを愚《ぐ》弄《ろう》するような考えは承服いたしかねます」

普段の自信のなさはどこへやら、その表情から桔梗が怒っているように感じられた。

鈴の術者を軽く見た発言が、桔梗の逆鱗《げきりん》に触れてしまったのか。

「あなたも術者の家に生まれた者でしょう？　それなのに、後方支援だからと軽んじる言葉を吐くなんて、術者を取りまとめる五家の者として、私は許せません」

桔梗に叱られた鈴は身を小さくさせて謝る。

「そんなつもりじゃ……。私が軽率でした。申し訳ございません」

しゅんとしてしまった鈴の謝罪に、桔梗はすぐに反応した。

「分かっていただければいいんです。こちらこそ突然口を挟んで失礼しました」

鈴に向かって深く頭を下げると、鈴も慌てて椅子から立ち上がり桔梗と同じ行動をとった。

「あわわ、私こそ、ごめんなさい！」

お互いに頭を下げ合う二人に、なにをしているのかと華は他人事《ひとごと》だったが、頭を上げた桔梗が華を見据えたことで状況が変わった。

「華さん。やっぱりあなたを認められそうにありません。Ｃクラスの人間が朔様の奥さんだなんて納得できない」

「いや、別に認められなくてもいいんだけど」

柱石の結界のために朔が華を必要とした。それを華が分かっていればそれでいい。

桔梗になんと言われようと、一ノ宮の屋敷の人間は華を認めているのだ。

まあ、望という例外はいるが、彼はただのツンデレなので問題はない。

「朔様がどうしてあなたを選んだのか私は知りたい」

「どうしようっていうの？」

いつものオドオドとした様子のない、芯《しん》の強さを感じさせる毅然《きぜん》とした桔梗の態度に、華も警戒心を見せる。

今日の桔梗はいつもとは違うようだ。

「あなたに式神での対決を望みます！」

ビシッと人差し指を突きつけて、生徒が集まる食堂の真ん中で宣言した。

周囲の生徒はなりゆきを見守ろうと雑談をやめてこちらを窺《うかが》っていたので、静かな食堂に桔梗の声はよく通った。

直後に訪れるざわめき。

「いや、式神対決って、どっちが勝つか目に見えてるじゃん」

「だよなぁ。一瀬の落ちこぼれだぜ？」

「式神は虫だったよね？」

「葉月さんなら分かるけど、勝負が見えすぎて逆に可哀想かも」

などとそこら中で言いたい放題だ。

誰もが華を落ちこぼれと信じている。

まあ、そうなるように華が力を隠していたのだから仕方ないが、朔には簡単に見破られてしまった。

漆黒を持つ実力は伊達《だて》ではないということだろう。

逆を言えば、華の実力に気付く力量を持った者は、この学校には教師を加えてもいないということだ。

それには、二条院の当主候補という桔梗と桐矢も含まれている。

「やだ」

「拒否権はありません。絶対に戦っていただきます。桐矢と」

「…………」

お前じゃないんかーい。というツッコミを心の中でしたのは華だけではなかったはずだ。

「自分で言い出しておいて双子の片割れにさせるの？」

「だって、私は虫が苦手なんです。考えただけで鳥肌が立ちます」

顔を険しくさせながら腕を擦《さす》る桔梗は、本当に虫が苦手らしい。

だが、あずはを可愛がっている華はムッとした表情をする。

「あずはは蝶《ちょう》かもしれないけど、すっごく綺麗《きれい》な子なんだから！　ちゃんと見てよ、この虹色《にじいろ》に輝く羽を」

指に移動させたあずはを桔梗に近付けると、悲鳴を上げられた。

「きゃあ！　こっちに近付けないでください！」

「なんて失礼な」

我が子を貶《けな》されたようで憤慨する華の前に桐矢が立った。

「よろしくお願いします」

と言って桐矢が深くお辞儀をして手を差し出してきたので、華は反射的にその手を取ってしまう。

「はあ、こちらこそ？」

その瞬間、桔梗は目を輝かせた。

「今、桐矢に答えましたね！　なら対戦を受けたってことですよね！」

「えっ、いや、そういうつもりじゃないから」

「駄目です。もう逃がしはしませんよ」

桐矢は表情筋がほとんど動かないくせに、やけに礼儀正しいので、華も思わず反応してしまった。

そのせいで桔梗はやる気をみなぎらせている。

コロコロと変わる表情の豊かさが、どうして双子の桐矢にはないのかはなはだ疑問である。

本当に双子なのかと疑ってしまうほど性格の違う双子である。

まあ、華も他人のことは言えないのだが。

華と葉月。顔立ちは似ているが、自他共に認めるほど性格はかなり違っているのだから。

「今すぐ校庭に向かいましょう」

「冗談じゃない。私はやらないわよ」

「いいえ、絶対に戦ってもらいますから。あなたが嫌がっていても校長に頼みます。ほんのちょっと脅したら許可してくれるはずです」

「可愛い顔してえげつないわよ」

「手段なんて選んでられないんですー！」

半泣きで反論してくる桔梗にお手上げ状態の華。

助けを求めて周囲を見回すも、二条院を相手に助けに入ってくれる勇者がいるはずもなく途方に暮れていると、視界に望の姿を発見した。

「あらぁ。そこにいるのは望君じゃないの〜」

嫌な者に目をつけられたと言わんばかりのしかめっ面でいる望。

華は迷惑そうな眼差《まなざ》しをものともせず、望に走り寄り肩に手を置いた。

「か弱いお義姉《ねえ》様が大変な状況なんだから、当然助けてくれるわよね？」

「知るか。勝手にしろ。俺は関係ない」

肩に置かれた華の手を素っ気なく振り払うと、背を向けて食堂を出ていこうとする。

離れていく望に焦るでもなく、逆になんとも凶悪な笑みを浮かべながら、華はポケットから白い瑪瑙《めのう》の勾玉《まがたま》を取り出した。

「え〜、残念だなぁ。手伝ってくれたら、お礼に朔とおそろいの勾玉をあげようかと思ったんだけど……。この勾玉、兄弟仲を深めてくれる白瑪瑙が使われてるんだってぇ。ほんとに残念〜」

なんともわざとらしい華の言葉。

しかし、遠ざかっていた望は猛烈な勢いで戻ってきた。

華はニヤリと笑う。

「本当か？」

「え〜。なにが？」

望の言いたいことを分かっていてすっとぼける華に、望は鬼気迫る表情で詰め寄る。

「それが兄貴とおそろいだってことだ！」

荒らげているが、その声は囁《ささや》くようになんとも小さい。

周囲にブラコンと知られたくないのだろう。そんなところも含めて愉快だ。

「本当よ。朔のペンダントに一緒につけてるの、見なかった？」

「あれか！」

覚えがあるようで、望ははっとしたような顔をする。

「そうそう、その勾玉とおそろいのやつ。兄弟仲を深めてくれる白瑪瑙、二人で持てば効果倍増間違いなし」

華は強調するように望に囁いた。

「兄弟の仲を深める……」

やはりそこに強く食いついたブラコンは、華の持つ白い勾玉から目が離せないでいる。

右に左に移動させてもついてくる望の視線。

ぴたりと勾玉を持つ手を止め、望の目の高さに掲げる。

「欲しい？」

「なにが望みだ」

もはや華に対してブラコンを隠すつもりがない望に、笑いをこらえるので必死だ。

「大事なお義姉様を助けるために、代わりに戦ってくれるでしょう？」

望は桐矢をちらりと見てから再び華に視線を戻すと、口角を上げた。

「いいだろう」

望は桐矢の前に立ち、指を突きつけた。

「この俺が相手になってやる！」

高らかに宣言した望を、華ははやし立てる。

「よっ、さすが姉想いの優しい弟！」

これに慌てだしたのは言い出しっぺの桔梗である。

「ちょっと、待ってください！　それでは話が違います」

「なにを言ってる。そっちが代理を立てるなら、こちらだって代理を立てても文句は言えないはずだ」

「うっ、それは……」

望に反論されて桔梗は言い返せないでいる。

「そもそも一ノ宮の嫁に売られた喧嘩《けんか》だ。当主の弟である俺が買ってやる」

「え、えっと、どうしよう、桐矢ぁ」

自分の想定外の方向へ進んでいってしまい、桔梗は泣きそうな顔で桐矢の腕にすがりつく。

桐矢は労《いたわ》るように桔梗の頭に触れる。

「桔梗が言い出したことだから仕方ない」

「そんなぁ、桐矢までぇ」

「それにもう止めるのは無理かも」

そう言って桐矢が周囲に視線を向けると、外野がいやに盛り上がっていた。

「すげー。一ノ宮と二条院の直系同士の対戦だってよ！」

「今からやるのかな？　次の授業どうしよぅ」

「そんなのサボるに決まってんじゃん！　こんなの逃したら一生見られないかもしれないもん」

「やべぇ、興奮してきた！」

「お前が興奮してどうすんだよ、馬鹿。でも気持ちは分かる。早く飯食っちまおうぜ」

「おう！　いい場所が取られちまぅ」

それまで静かだったのが嘘のように、周囲が盛んに動き出した。

ある者は昼ご飯をかき込み、ある者はこの状況をここにはいない生徒に知らせるべくスマホを操作し、ある者はいい場所を確保すべく校庭に走った。

華達の予想を遥《はる》かに超えて大事になりつつあった。

今さらなしにしようとは、桔梗じゃなくても言い出せない雰囲気だ。

「もうやるしかなさそう」

「あうう、華さんが戦わなきゃ意味ないのに〜」

嘆く桔梗とは反対に、注目が自分ではなく望と桐矢の対決に動いてくれて助かったと華は胸をなで下ろした。

「おい、お前の代わりに戦ってやるんだから報酬を忘れるなよ」

「分かってますがな。勝った暁には……ふへへ」

ニヤッと悪代官のような顔で華は意味深に笑った。

その笑みを気味悪がるどころか満足そうにして、望は桐矢へと向き直った。

「面倒なことはとっとと終わらせるに限る。校庭に出ろ」

こくりと頷《うなず》くと、桐矢は望の後に続き、さらにその後ろをがっくりと肩を落とした桔梗と、矛先を別に向けられてご機嫌な華がついて行く。


そして場所は校庭に。

もともと授業で式神を対決させる実技があり、校庭にはそのためのコートがあった。白い枠で印がされただけのコートを囲むように生徒達が並び、人数が多すぎて見られない者は、コートを眺められる校舎の二階以上の窓に集まっていた。

授業はどうするんだと文句を言う者はいない。

なにせ期待に胸躍らせる観衆の中には、教師どころか校長の姿まであるのだから。

恐らく全校生徒がこの対決を見ているに違いない。

なにやら学校をあげての一大イベントと化してしまい、もう誰にも止められそうになかった。

しかも一番いい場所を新聞部のカメラマンと記者が占領してしまっているので、明日の校内新聞は今日の勝負の内容が一面を飾ることだろう。

「どうしてこんなことに……」

頭を抱える桔梗は、自分で言い出しておきながら、ここまで大事になるとは思っていなかったようだ。

これだけの騒ぎになれば確実に朔の耳にも情報が入るのは避けられない。

朔から警告されている桔梗としては胃が痛い思いをしているはずだ。

自業自得ではあるが、胃薬ぐらいは差し入れしてあげてもいいかもしれない。

『あるじ様はどっちが勝つと思う？』

喧騒《けんそう》の中ではあずはの話し声もまぎれてしまい、華にしか聞こえていない。

「そうね、朔が相手だったら間違いなく朔と言ってるとこだけど、望だしなぁ」

以前に華と行った対決で、あずはに傷一つ与えることなく簡単に負けてしまった望である。

華の中で望の評価は決して高くない。

しかもAクラスのトップは葉月と聞くので、次点以下となるとなおさらだ。

対して、鈴の情報によると次期当主候補に名が挙がっている桐矢だ。

どれほどの実力を備えているか分からないが、内包している力だけで判断すると、望と互角のようにも思える。

当主候補というわりに力はそんなに強くないのが気になった。

それとも華のように隠している力でもあるのだろうか。

「桐矢って方が謎すぎて分かんないな」

コート上で向かい合うように対峙《たいじ》する二人だが、兄とおそろいの勾玉《まがたま》のために気合いに満ち溢《あふ》れた望と違い、桐矢はやる気があるのかないのか分からない。

ぼーっと空を流れる雲を見つめていた。

「うーん、ほんとにどういう人間かさっぱり分からん。不思議ちゃんか？」

分かりやすいほどに考えていることが表情に出る桔梗とは正反対だ。

桐矢という人間はどういう性格なのか見当もつかないので、どんな戦い方をするのかも想像できない。

華が悩んだところで、戦うのは望なのだから、関係ないと言ったら関係ないのだが、少し気になった。

そうこうしているうちに、両者の準備が整った様子だ。

審判を務めるのは、試合と聞いて誰よりも興奮した脳筋の体育教師だ。

服の上からも分かる盛り上がった筋肉がチャームポイントらしい。

どうでもいい情報だが、あれでいて三色の紅色を持った、術者協会から派遣されている経験豊富な術者である。

脳筋ゆえに、試合でも公平なジャッジをしてくれるはずだ。

「それではよいか？　両者式神を呼びだせ」

「紅蓮《ぐれん》、来い」

望が呼べば、望の式神である鷹《たか》が現れ、空中を旋回した。

「雲雀《ひばり》」

桐矢が名前らしきものを呟《つぶや》くと、美しい姿態の黒い豹《ひょう》が現れ甘えるように桐矢の手にすり寄った。

豹を撫《な》でると、かすかに桐矢の口角が緩むのが分かる。

「へぇ、桐矢の式神は豹なのか」

感じる霊力は確かに強い。

が、最高の術者を知っている華はどうしても朔と比べてしまう。

やはり彼が当主候補とはとても思えず、華は首をかしげるのだった。

それは双子の片割れである桔梗も同じ。

Aクラスの中では確かに強い。そこはやはり五家の人間なのだろうと思うが、朔ですら苦労していた柱石を護《まも》れるのかと疑問が残る。

まあ、二条院の後継者問題は華には関係のないことなのだが。

「始め！」

他のことを考えてぼーっとしている間に開始の合図がされて、華は我に返る。

開始されるや早速望が仕掛けた。

「紅蓮！」

空を旋回していた紅蓮がものすごい速さで急降下して豹に襲いかかる。

しかし、それを見越していたかのように、豹がジャンプしてかわすと、しなやかな体躯《たいく》をひねり鋭い爪で紅蓮を傷付けようとするが、紅蓮の口から力の塊が放出されてその爪を押し返した。

攻撃は相殺されて、紅蓮は自分にとって有利な領域である空に逃れる。

そして、空から地上に向けて力の塊を幾度も発射する。

それを軽い足取りで避けていく豹は、紅蓮が低空を飛んだ隙を見逃さず牙《きば》を剝《む》く。

それをくるりと回転してかわし、紅蓮は逆に爪を豹の身に食い込ませることに成功した。

「ぎゃん！」

豹は痛そうにしながら受け身を取れずに地面へと落ちるが、すぐに体勢を立て直す。

追撃をするつもりだった紅蓮はそれを見てすぐに上空へと方向を変えた。

戦いの応酬を見ていた観客は大盛り上がり。

「うぉぉぉ！」

「やっぱすげー」

「さすが五家の人間だぜ。俺達とは全然格が違う」

「ほんと、なにあの式神の動き。かっこいい～」

周囲からは尊敬の眼差《まなざ》しが向けられている。

教師達も感心した様子で、拍手している者すらいる。

そんな中でよりよい写真を撮ろうと、新聞部のカメラマンがパパラッチのごとくシャッターボタンを押していた。

「いい写真を撮るんだぞ！」

「任せろぉぉぉ」

誰よりも気合いが入っているかもしれない。

華は邪魔をしないように隅に寄ることにした。

すると、同じように試合から距離を取って華に近付いてくる桔梗の姿があった。

「片割れの試合見てなくていいの？」

「……卑怯《ひきょう》です」

なにやらふくれっ面の桔梗は小さく声を発する。

「なにが？」

「他人を巻き込んで逃げたことです！　私はあなたの力が知りたかったのに」

思うようにことが運ばず不満なのか、悔しそうに唇を引き結ぶ。

そんな桔梗に華は呆《あき》れた表情を浮かべる。

「いや、勝手に私を巻き込んだのはあなたでしょう。どの口が言うか」

鋭い華のツッコミに桔梗の瞳《ひとみ》がウルウルし始める。

「ですけど、普通は認めさせようと行動しませんか？　あなたには朔様のために頑張ろうという気概が見えないんです。だから無理やりにでも引っ張り出したらやる気になってくれると思ったのに、なんだか私にも分からない状況になっちゃって。なんで望さんと戦うことになってるんですか！」

桔梗の言いたいことは分かったが、最後のは八つ当たりというものだ。

「そもそも、なんで認めさせる必要があるの」

「えっ、だってそうじゃないと……」

「そうじゃないと困るのはあなたでしょう？　私が落ちこぼれだと、いつまでも朔を諦《あきら》めきれないから。でもそんなのは私がどうこうじゃなくて、あなた自身の問題じゃないの？」

言葉を失う桔梗は迷子の子供のように視線をさまよわせる。

「好きなら朔に告白しちゃえばいいじゃない。そうして朔の言葉で気持ちを聞いた方があなたのためになると思うけどな？」

　こんな風に華を戦わせようとするみたいに、斜め上の方向に動くよりずっといいと思うのだ。

　というか、華がこれ以上絡まれたくない。

　毎度毎度、対決だなんて言われても困るのである。

「こ！　こここここ」

　鶏《にわとり》かというツッコミはしないでおく。

　可哀想なほどに顔を真っ赤にして激しく動揺する桔梗は、両手で顔を覆う。

「私に三十億の小切手を渡す行動力があるなら、朔に向けた方が建設的じゃない？」

「無理です、無理です！」

　ぶんぶんと首がもげそうなほど、桔梗は頭を横に振る。

「でも、あなたは本当に私が朔と別れたら満足するの？　葉月が次の奥さんになったら納得できる？　私はそうは思わないけど。なんだかんだ言って、別の欠点を探すんじゃないの？　自分なら朔のためにこうするのにって」

「それは……」

「まあ、朔の奥さんやってる私にこんなこと言われたくないだろうけどさ」

　そう言って華は肩をすくめる。

「でも、私を攻撃したってあなたの気持ちは晴れないんじゃないの？」

思いのうちを向ける方向を間違ってやしないかと暗に告げる。

「…………」

桔梗は顔をうつむかせ、黙り込んでしまった。

その直後に訪れる大きな歓声。

「すごいすごい！　一ノ宮が勝ったぞ！」

「一ノ宮君すごーい！」

「いやいや、二条院もすごかっただろ」

どうやらこっちで話し込んでいる間に勝敗が決したらしい。

しかも望が勝ったというのだから驚きだ。

これは褒めてやらねばならない。きっと、いらないと拒否されるだろうが。

華は静かになった桔梗を置いて、望の所へ向かった。

なんだか知らないうちに壮絶な戦いが行われたのか、コートの地面は抉《えぐ》れていたりひび割れたりしている。

「うーん、見とけばよかったかも」

五家同士の戦いなどそうそう見られるものではないのだ。クラスの違う華ならばなおのこと。

戦いが終わって観衆が解散し始める中、地面にしゃがみ込んでいる望がいる。

相当力を使ったのか、ややぐったりとしていた。

「大丈夫？」

「人を戦わせてお前はどこに行ってたんだっ」

望にいつもの勢いがない。なんとも珍しいことだ。

「ごめんごめん。カメラマンがせっかく撮ってくれてるのに、私が入ったら邪魔かと思って」

「そんなもんほっとけばいい。どこからともなくやって来るハイエナのようなやつらだからな」

新聞部への評価が厳しい。これは過去になにかあったのかもしれない。

「それにしてもよく勝てたね。相手は二条院の次期当主候補って話なのに」

「二条院だから俺でもギリギリ勝てたんだ」

「ん？」

五家のことはさっぱり分からない華が首をかしげると、望は呆れた顔をする。

「お前は一ノ宮の嫁だろうが！　なんでこの説明で分からない」

「仕方ないじゃない、今勉強中なの。ってことで、なんで？」

望は呆れを通り越した表情で溜息《ためいき》を吐き、簡潔に説明を始めた。

「二条院が得意とするのは呪具《じゅぐ》の製作だ。力の強さはもちろん必要だが、当主として最も必要とされる能力じゃない」

「つまり、あの双子は力じゃなくて呪具の製作能力が高くて当主候補になっているってことなの？」

「多分な。現に兄貴は気付いたお前の隠している力に、あいつらは気付いていない。他の五家の当主候補だったらまた違った反応をするはずだ」

どことなく望が悔しそうに見えるのは、望は華の実力を測ることができなかったからだろう。

未《いま》だに負けたことを気にしているのだろうかと思っている華に、望の手が差し出された。

それを反射的に握り返す華。勝利の握手だろうか。

「ん」

「違う！」

べしっと払いのけられてムッとする華に、再び望は手を差し出した。

「例のやつ」

「例の？」

はて、なんだったろうかと華の頭に疑問符が浮かぶ。

その反応に青筋を浮かべた望は声を荒らげた。

「勾玉《まがたま》だ！」

「ああ！　そうだった、そうだった」

すっかり忘れていた華は、成功報酬である勾玉を望の手に載せた。

それを大事そうに両手で持つ望の表情はとても幸せそうだ。

「そんなにお兄ちゃんが好きなくせに、どうして憎まれ口叩《たた》くの？」

「そ、そんなんじゃない！」

「なにを今さら隠そうとしてるんだか。そんな顔してたらバレバレでしょうが。朔に素直に接してあげたら喜ぶだろうに」

「……俺なんかに好かれたって兄貴は面倒がるだけだ」

「なにを根拠に？」

「だって、俺は兄貴のお荷物だから……」

望からぽつりと零《こぼ》れた言葉は、自分を責めているように聞こえた。

「一ノ宮の直系のくせに、劣った俺なんかが弟で兄貴は恥ずかしいに決まっている。ライバルにさえなれない欠陥品なんだ」

暗く落ち込んだ表情を浮かべる望は顔をうつむかせる。

その表情に、昔の自分を重ね合わせてしまい、嫌な記憶が華を襲う。

家の落ちこぼれ。

姉に劣った妹。

一族の恥ずかしいお荷物。

それらは一度は誰かに言われた覚えのある言葉だ。

華は、背後から襲い来るなにかを振り払うように深呼吸して自分を落ち着かせると、望の脳天目がけてチョップした。

見事にクリティカルヒットした攻撃により、望は頭を押さえて痛みに苦しむ。

「つっ、お前、なにすんだ⁉」

突然の攻撃に激怒する望の胸倉を摑《つか》むと、今度は頭突きをおみまいした。

しかし、これは華もダメージを受けてしまい、仲良く頭を押さえて痛みに悶《もだ》える。

「ぐぅ～」

「なにがしたいんだ！」

「お子ちゃまが馬鹿なこと言い出したから、躾《しつ》けてあげてんのよ」

「誰がお子ちゃまだ！」

「その考え方がお子ちゃまだって言ってるの！」

華は痛みで涙目になりながら望を睨《にら》みつける。

「なにを勘違いしてるか分からないけど、朔はそんな狭小な男じゃないわよ」

そう怒鳴るように告げれば、望は返す言葉をなくして黙った。

「朔が言ったの？　あなたをお荷物だって、劣ってるって！」

「兄貴はそんなこと言わねぇよ！」

「そうよ、その通りよ！　ちゃんと分かってんじゃないのよ」

望は華の言わんとしていることが分からずに困惑した表情を浮かべる。

「朔は自信家で傲岸不遜《ごうがんふそん》で俺様だけど、誰かを傷付けるようなことを言う男じゃないわ。朔より劣ってる？　ライバルにもならない？　当然でしょうが。朔が自信満々なのは、それに見合うだけの努力をしてきたからよ。でも、それ以上に責任感が強いの。その手には国の未来がかかっているんだからね」

結界師として柱石を護《まも》る一ノ宮の当主。

誰にも知られぬところで国を支えている。

その両手にはいったいどれだけの重い責任がのしかかっているのだろうか。

華には考えも及ばない。

「朔が気にしているのは一ノ宮当主としての責任と義務よ。どっちが劣っているとか勝っているとか、誰かと比較してない。頭にあるのは護ることだけ。あなたとは術者としての覚悟からして違うのよ」

望は悔しそうに唇を噛《か》む。

「朔だったら、あなたみたいにうじうじする暇があったら術の精度を磨く努力をしてるでしょうね。だって、朔は柱石を護る一ノ宮の人間だから。そして、朔が護る者の中には、弟であるあなたもいるはずよ」

「……くっ」

「朔が弟を恥ずかしいなんて思うわけがないじゃない。あんなに情が深い人、なかなかいないわよ」

一見そうは見えない。

けれど、見知らぬ誰かのために命を懸けられる人が、薄情なはずないではないか。

くしゃりと髪を掴む望の顔は、手で隠れて見えない。

しばらくの間、沈黙がその場を支配する。

そして、望が顔を上げた。

「覚悟……。そうか、俺は兄貴と比べるだけで術者としての覚悟が足らなかったのか？」

自嘲《じちょう》気味に笑う望は、ゆっくりと立ち上がり校舎の方へ消えていった。

それを静かに見送った華は、溜息を吐きながら立つと、制服についた汚れを手で払う。

「やれやれ、お子ちゃまの世話は大変だわ」

するると、どこからともなくひらひらとあずはが飛んできて華の指にとまる。

『大変だったね、あるじ様』

「ほんとにね」

『でも、あるじ様が言えたことじゃないよね』

「あずは、そこはツッコまないでよ。私も自分の発言思い返して、どの口が言ったんだって思ったんだから」

落ちこぼれ、姉の出涸《でが》らし、残りカス。

それをなにより気にしていたのは、他でもない華自身だ。

術者の覚悟なんぞ微塵《みじん》もない華が術者の覚悟を語るのかと、自分で恥ずかしくなってくる。

「他の誰にも聞かれてないようでよかった」

周囲にはすでに誰もおらず、華の黒歴史の一ページとなってしまった先ほどの話は、望とあずは以外には知られずにすんだようで、心の底から安堵《あんど》したのだった。

その日の夜、いつもは帰りの遅い朔が珍しく早く帰ってきた。

「もしかして例のテロリストを捕まえたの？」

「いや、まだだ」

「そうなんだ」

「残念そうだな。俺がいないから寂しかったのか？」

「全然」

華ががっかりした顔をするのは、彼岸の髑髏《どくろ》が捕まるか呪具《じゅぐ》が見つかるかしない限り、自由に遊びにも出かけられないからだ。

しかし、即座に否定したのはマズかった。

その瞬間、朔が引きつった笑みを浮かべる。

「ほう、外で立派に働く旦那《だんな》様を労《ねぎら》うつもりはないのか？」

じりじりと距離を縮めてくる朔に、華は段々と壁に追い詰められていく。

「ちょっと待った、落ち着こう」

「俺は常に落ち着いている」

とうとう壁と朔に挟まれてしまった華は逃げ場を失う。

焦る華。

「お勤め帰りの旦那様をキスの一つでもして迎えるのが新妻の役目だろう？」

「そんな役目聞いたの初めてなんですけど！」

「なら、今日から一ノ宮家の家訓だ」

「いらないから、そんな家訓！」

「いいから、とっとと旦那様のご帰宅を喜んでキスしろ」

　壁ドン状態からどうやって逃げるか考えていると、「兄貴！」と望が大きな足音を立てながらやって来て、朔の横に仁王立ちした。

「俺は、俺は……」

「望、どうした？」

「俺は兄貴が好きだー!!」

　突然の告白に朔も華も目を点にして固まる。

「だから、俺は立派な術者になって兄貴の右腕になる！　俺も兄貴と同じ一ノ宮の人間だからっ！」

　そう言い捨てると、恥ずかしそうに顔を赤くしながら逃げるように去って行った。

「なんだ、あいつ？」

「あー、多分、隠れブラコンから卒業して、ただのブラコンになったんだと思う」

「意味が分からん」

「でしょうね」

　いったい望にどんな心境の変化があったのか分からないが、隠れることをやめたブラコンは晴れやかな顔をしていたので、きっと問題はないと思う。

　話がそれたのを見逃さず、華は壁ドン状態から逃れる。

朔は不満そうな顔をしたが話題は別のものへ。

「それより、二条院の双子と揉《も》めたって？」

「あっ、やっぱり朔にも情報届いた？」

「ああ、どうして望が戦う流れになったんだか分からないが、だいたいの状況は聞いた。まったく、桔梗にはあれだけ警告をしたのに無視しやがって。仕方ないから二条院の当主に苦情を入れておくか」

そう言いつつも、あまりしたくはなさそうな様子で、朔の表情は晴れない。

「その必要ないわよ。今日コテンパンにしておいたから」

あれだけ言えば、今後は桔梗も必要以上に絡んできたりはしないだろう。

「おいおい、頼むから逆にこっちが謝罪しなければならない状況にはするなよ？」

「まだ手は出してないから大丈夫。安心して」

華はぐっと親指を立てる。

「まだってなんだ、ま、だ、って！　安心できるか！」

顔を引きつらせながら、朔は激しく吠える。

「そもそも朔が悪いんでしょうが。気付いてないわけないよね？　あの子の気持ち」

「まあ、分かっているが、向こうがなんの行動も起こさないのに、こちらから動けないだろ。そのくせ別の方向に行動力が発揮されたようで、俺も困ってるんだ」

「罪な男よねぇ」

「まあ、俺は最上級の男だからな。華も存分に俺に惚《ほ》れてくれていいぞ」

ふっと得意げに笑う朔の足をグリグリ踏みながら、じとっとした眼差《まなざ》しを向ける。

「とっとと仕事してこい」
＊＊＊

翌日、各教室の黒板に大々的に張られた校内新聞。

『一ノ宮と二条院の御曹司対決！』

『勝利の女神は一ノ宮に味方した！』

などという言葉が躍った。

華のクラスの黒板にも新聞が張られており、登校したばかりの生徒が群がっている。

「華ちゃんも見た？」

ほわほわとした笑みを浮かべながら、鈴が来たばかりの華に寄ってくる。

「うん。さっき新聞部が、ご当主にお渡しくださいって持ってきた」

ばばーんと望の写真が一面に載っている。

学校内の部活ごときだというのに、随分と本格的な仕上がりになっていて、華は感心する。

朔に見せたら喜ぶだろう。

その前に美桜に見せるべきかもしれない。

たとえ子供だろうとあまり褒めるということをしなそうな美桜も、ここに書かれている息子の勇姿を読めばお褒めの言葉の一つぐらいは出てくるはずだ。

「華ちゃん、華ちゃん」

新聞をじっくりと見ていると、鈴が華の肩を叩《たた》く。

「なに？」

「また来てるよ？」

「うん？」

教室の出入り口には、これまで通りじっと華の様子を窺《うかが》う桔梗の姿があった。

しかし、少し様子が違う。

確かにじっと見られているが、以前のような恨めしげな眼差しと違い、捨てられた子犬のような心許《こころもと》ない目をしていた。

昨日の華の言葉が桔梗に刺さったのかもしれない。

本当のところはどうなのか、華には分からないけれど。

桔梗はじーっと見ていたかと思うと、少しして華の教室から離れていった。

いつもはチャイムが鳴るまでテコでも動かなかったのにだ。

ようやく諦《あきら》める気になったかと安堵した華だったが、その日の昼休み、食堂で鈴と昼食を取っていると、静かに華の隣に桔梗が座ったので、華と鈴は目を丸くして箸《はし》を持つ手が止まった。

桔梗の向かいには桐矢が座る。

華は桔梗を訝《いぶか》しげな目つきで見た。

「……なにか？」

「なにかとは？」

「いや、なんで隣座るの？」

「別にどこに座ろうと私の勝手です」

言葉だけだとツンとした言い方にも聞こえるが、桔梗の様子はどこかオドオドしていた。

まるで華の様子を窺うような視線をチラチラと横から感じる。

無視できなくもないが、なにか言いたそうな様子に華が先に折れた。

「言いたいことがあるなら早く言って」

びくっと体を跳びあがらせた桔梗は、オロオロと視線を彷徨《さまよ》わせると、意を決したように口を開いた。

「ご、ごめんなさい……」

予想外の謝罪に華も驚く。

「急にどうしたの？」

「あなたを無理やり戦わせようとしたことです。あなたの言う通り、私は朔様に関わる女性が全員気に入りません！」

とうとう本音をぶっちゃけたなと思ったが、華は桔梗に対して嫌な気持ちは浮かばず、逆に感心した。

「朔様はずっと私の憧《あこが》れで、術者としても男性としてもとても素敵な方です。朔様が当主となれば結婚は避けられないと思ってました。だからおじい様に頼んだんです。朔様と結婚できるように取り計らってくれないかって」

「えっ、そうなの？」

まさかそこまで行動に移していたとは思わなかった。

「けど、朔様に話が行く前におじい様に止められました。私では駄目だって。朔様とは力の強さの釣り合いが取れないからと言われてしまい……。理由は当主の妻となったあなたならご存じのことかと思います」

「ん？　あー」

柱石の結界を強化するために、伴侶《はんりよ》となる者には朔と同等の力の強さが求められる。

華が見た感じ、桔梗では朔との力の差が大きすぎる。

それでは柱石の結界を強化する朔の邪魔になってしまう。

好いただけではどうにもならないのだ、五家の当主の結婚は。

「朔様が結婚したと聞いて、それはとても力の強い女性なのだろうと思いました。どんな相手なのか気になって気になって、調査させたんです」

何気に怖いことを言っているのに桔梗は気付いているのだろうか。

知らないうちに身辺を調べられるって、普通は気分のいい話ではないのだが。

桔梗は、華がなんとも言えない表情を浮かべているのにも気付かずに続ける。

「そしたら、朔様が選んだのは優秀だと有名な葉月さんじゃなくて、落ちこぼれと悪い意味で有名な片割れと言うじゃないですかぁ」

今にも零《こぼ》れそうなほど目に涙を溜《た》める桔梗の頭を、桐矢がよしよしと撫《な》でている。

「泣くな」

「まだ泣いてません〜」

本当に仲のいい双子だ。

その間には深い信頼感が見える。

自分達にもそれだけの繋《つな》がりがあったら今は変わっていたのだろうか。

などと、同じ双子の二人を見ていると、今さらどうしようもないことを考えてしまう。

「落ちこぼれと言われているあなたがよくて、どうして当主候補の私が駄目だと言われるのか、わけが分からなくて、きっとこれは華さんが朔様の弱みを握ったに違いないと思って」

「弱みを握られたのはどっちかというと私なんだけどなぁ」

「そうなんですか？」

「まあ、似たような感じ」

金に目がくらんだとも言う。

「……だから急に離婚してと言われても一度は受けたんですね。あなたがあまりにも簡単に離婚届を書こうとするから、私余計に、どうしてこんな人が朔様の相手なのかと納得がいかなくて」

「だから、うざ絡みしてきたわけ？」

「うざ絡み!?」

桔梗は激しくショックを受けているが、あれをうざ絡みと言わずしてなにをうざ絡みと言うのだろうか。

本人に自覚がなかったのがびっくりだ。

「ううっ、そう言われても仕方ありませんけど、どうしても理由が知りたかったんです。朔様がどうしてあなたを選んだのか。どうして私じゃいけなかったのか」

「まあ、理由があるとしたら、それは朔が当主だったからでしょうね。当主である朔に私の力が必要だった。ただそれだけのことよ」

「落ちこぼれのくせにぃぃ。本妻の余裕ですかぁ！」

今度こそ涙を溢《あふ》れさせてテーブルに顔を伏せる桔梗に、華はやれやれという顔をする。


時計を見ると、もうチャイムが鳴る時間だ。

食堂にも生徒はほとんどおらず、残った生徒も食堂から出ようとしていた。

のんびりしているのは華達だけだ。

「鈴、先に教室行ってて」

「華ちゃんは？」

「ほっとけないでしょう？」

えぐえぐと子供のように泣く桔梗を一瞥《いちべつ》してから、鈴に向かって苦笑すると、鈴も困ったような笑みを浮かべた。

「そうだね。じゃあ、先生には上手《うま》く言っておくね」

「うん。ありがとう」

出ていく鈴に手を振って、華はがらんとした食堂の中で呟《つぶや》いた。

「展開」

華が張ったのは目隠しの結界だ。

これで周囲からは華達の様子が見えないし、力も漏れない。

突然結界が張られ、頬を涙で濡らした桔梗と桐矢はきょとんとした顔をする。

「何故結界を？」

「あんまり他人に見られたくなくてね」

疑問符を浮かべる桔梗に笑いかけると、華は隠していた式神の名を呼んだ。

「葵、雅」

すると、すうっと葵と雅が姿を現した。

人型の式神の出現に目を大きく見開く桔梗だが、桐矢も分かりやすく驚いた顔をしており、そんな表情はとても珍しい。

「えっ、華さん、彼らは？」

「私の式神達。葵と雅よ」

雅はにっこりと微笑んで優雅に礼をした。

葵はツンとした表情をするだけで挨拶《あいさつ》はしない。

「けど、彼らは人型ですよ⁉」

「そうね」

「人型が二体もいるんですか？」

「そうよ、だから私が選ばれたの。朔に釣り合う力を持っていたからね」

桔梗は信じられない様子で雅と葵を交互に見やり、少しすると納得したように落ち着きを取り戻した。

「そうですか……。そもそもの認識からして違っていたんですね。どうして華さんはこれを周囲には隠しているんですか？　人型の式神を得ていると知ったら、落ちこぼれなんて誰も言えなくなるのに」

「でしょうね。でも、それと引き換えに私は静かな生活を手放すことになる。あいにくと、まだその覚悟はできてないのよね」

朔は以前に言った。

いつまでも隠しておけるものではないと。

いつか実力が知られる日が来ることは、華も薄々感じている。

その時、葉月は、一瀬の両親はどんな反応をするのだろうか。

きっと面倒なことになるのは予想できた。

だからこそ、ギリギリまでは足掻《あが》いてみせたい。

「まあ、それは今は置いといて、朔が私を選んだ理由に納得できた？」

桔梗は揺れる瞳《ひとみ》でもう一度葵と雅に視線を向けてから、悲しげに笑った。

「そうですね。私ではとても敵《かな》いそうにないです。私には朔様を認めさせるだけの強い力がありませんから」

すると、桔梗は深々と華に頭を下げた。

「これまで何度となくご迷惑をおかけしました。もうあなたを試すようなことはしません」

「そうしてくれると助かるわ」

そのために危険を冒してまで学校内で葵と雅を顕現させたのだから。

「あと一つお願いしてもいいですか？」

「なに？」

「普通のお友達としてなら、うざ絡みしてもいいですか？」

不安そうに上目遣いで華の表情を窺《うかが》う桔梗に、華はにこりと笑みを浮かべて手を差し出した。

「うざ絡みは困るけど……。まあそういうことなら」

ぱっと表情を明るくした桔梗は、嬉《うれ》しそうに華の手を握った。

そして、華は葵と雅に姿を隠してもらい、結界を解く。

とっくに授業は始まっているため、いつまでも食堂にいると教師が見回りに来てしまうので、それぞれの教室に行くことにした。

ご機嫌な様子で先に食堂を出た桔梗の後に続くと、桐矢に肩を叩《たた》かれ、足を止める。

「なに？」

「ふつつかな娘ですがよろしくお願いします」

と、新婦の父親のように深々と頭を下げられた。

反射的にツッコんでしまうのは許してもらいたい。

「いや、嫁にやるんじゃないんだから」

「俺、なんか違った？」

「いろいろとね」

己の発言の違和感に気付いていない桐矢は、首をかしげながら桔梗の後を追っていった。

「やっぱり不思議ちゃんだわ」

桐矢という人間への疑問だけが大きくなった。

# 四章

友達と認めてから数日、桔梗は毎時間のように華に会いに教室へとやって来るようになってしまった。

毎時間のように来るのは前からそうではあったのだが、今は態度が全然違っている。

「華さーん！」

その様子は、まるでご主人様に会えた喜びを隠せず尻尾《しっぽ》を振る子犬のようだ。

前は教室の外から眺めてくるだけだったが、今では堂々とCクラスの教室に入ってくる。

もちろん双子の桐矢も一緒だ。

試験に向けて勉強をしなければならない華は、早々に友達の縁を切れないかと考え始めている。

「お願いだから邪魔しないで。頭から覚えたばかりの記憶が飛んでいく……」

「勉強なんて適当にして、おしゃべりしましょう」

ニコニコと嬉しそうにする桔梗は、やけに華にべったりだ。

その状況にジェラシーを感じている者が一人いた。

自他共に認める華の親友、鈴である。

「華ちゃんは私とおしゃべりするので、二条院さんは自分の教室に帰って、Aクラスの人と仲良くしたらいいじゃないですか！」

当初は二条院の直系が転校してくると、テンション高くはしゃいでいた鈴なのに、桔梗が華に懐くようになるや、対抗心を燃やすようになった。

「私は華さんと仲良くしたいんです」

「華ちゃんと仲良くするなら、唯一の親友である私を通してください」

と、鼻息を荒くする鈴。

「親友⁉　なんて羨《うらや》ましい。私も親友になります！　いいですよね、華さん？」

「駄目です、駄目です！　華ちゃんの親友は私だけだもん！　そうだよね、華ちゃん⁉」

「うーん。まあ、そうね」

桔梗とは最近仲良くなったばかりなので親友とまでは呼べない。

そう言うと、鈴は喜び、桔梗はショックを受けるという事態に。

「やったぁ～」

「そんなっ！」

「頼むから静かにして……」

うるさすぎて教科書の内容がまったく入ってこない。

美桜の特別授業が背後に迫ってきているのを感じて身震いした。

なんとしてもそれだけは避けなくてはならない。

華はじーっと桔梗と桐矢を見る。

「ねぇ、桔梗と桐矢はAクラスよね？」

友達となってから、二人のことは名前で呼ぶようになった。

「そうですが、それがなにか？」

「Aクラスでの成績はどれぐらい？」

「そうですね、実技では葉月さんがトップで、次に望さん。私と桐矢はその次です。座学だけは桐矢が葉月さんを抑えてトップになりましたが」

「えっ、そんなに成績いいの？」

「桐矢は頭がいいんです。自慢の弟ですから」

自分のことのようにドヤ顔をする桔梗が姉で、桐矢が弟だと知ったのは友人となってからだ。

聞いた時には絶対に反対だろうと思ったことは黙っておく。

桐矢の方が落ち着いていて兄のように見えるのに、まさか弟とは。

「ちなみに桔梗は？」

問えば、桔梗はさっと顔を逸《そ》らした。

それだけでどんな成績か十分に伝わったのだが、何故か急に鈴が優しい笑顔で桔梗の肩を叩く。

同じ成績が悪いでも、AクラスとCクラスでは天と地ほどの差があるのだが、華はそこを指摘はしなかった。

＊＊＊

そんなこんなで、賑《にぎ》やかになった学校生活。

テロリストはまだ捕まっていないが、なんとも平和な日が続いていた。

そんなある日、一ノ宮の屋敷を懐かしい人物が訪れた。

「奥様、お客様がいらっしゃっていますが、どうされますか？」

自分の部屋で勉強に勤《いそ》しんでいた華に、十和からそんな報告が入る。

「客って誰ですか？」

この一ノ宮に華を訪ねてくる人物は初めてだった。

なにせ、両親は朔によって一切の面会ができないようにされていたし、三光楼の分家である鈴が一ノ宮の屋敷に来るのはハードルが高い。

他に思いつかなかった華は首をかしげる。

「紗江《さえ》様とおっしゃる方です」

「えっ！　紗江さん⁉」

華は慌てて紗江を客間に通すように十和にお願いして、身だしなみを整えて急いで客間を目指す。

顔を合わせるのは一瀬の家を出て以来なので、ドキドキしながら客間に入ると、変わらぬ様子の紗江がいた。

「華様！」

紗江は感極まったように涙ぐみ、華に向かって正座したまま頭を下げる。

「紗江さん、久しぶり」

華が紗江に駆け寄ると、紗江も頭を上げ華の顔を見た。

「なにやら何年も会っていなかったような気がいたします」

「うん、本当に。ごめんね、紗江さんにちゃんとお礼とお別れも言えずに家を出て来ちゃって」

「いいえ、そんなことは気にしなくてよろしいのですよ。華様はこちらで幸せにしておられますか？　一瀬にいた時のような思いはしておられませんか？」

「大丈夫よ。朔も朔のお母様も、屋敷の人もよくしてくれてるから」

「それはようございました」

紗江はまるで母のような温かな笑みを浮かべて喜んでくれる。

本当に、紗江は華にとって実の母以上に母のような存在だった。

「それで、どうしたの？　紗江さんが急に来たって聞いてびっくりしちゃった」

人払いはされているので、ここにいるのは華と紗江だけ。

本当は後ろに葵と雅がいるのだが、術者としての能力が高くない紗江が、朔みたいに二人の居場所を感じとることはない。

紗江は華の頭に止まっているあずはしか認識していないだろう。

ちなみに嵐は縁側でお昼寝中だ。

誰にでも見える状態だが、普通の人と違い神の恐ろしさを知るこの屋敷の人達の中に、神に手を出そうとする愚か者はいるはずがないので、嵐も警戒心なくのびのびしている。

何故来たのかと問う華の言葉に表情を曇らせた紗江は、畳に額を擦《こす》りつけるように頭を下げた。

「華様、どうか葉月様をお救いください！」

一瞬呆気《あっけ》にとられた華は、次の瞬間には表情を厳しくする。

「紗江さん、それどういうこと？」

「一瀬に仕える私ごときが口を挟むべきことではないと分かっております。しかし、旦那《だんな》様と奥様のなさりようはあまりにも葉月様のご意志を蔑《ないがし》ろにされていて……。葉月様もお元気がなく、とても見ていられません」

「なにがあったの？」

声を大にして問い詰めたいのを我慢して、華は冷静さを保ってもう一度問いかける。

わざわざ紗江が訪ねてくるほどのことだ。

きっと前に葉月が力を暴走させたことと無関係ではないと感じる。

「旦那様が、葉月様に結婚せよと。相手を決めておしまいになったのです」

「はっ？」

「葉月様より二十以上も年上の分家の方です。その方と結婚させることで、一族内での一瀬の発言力を高めようとお思いのようです」

「……あのくそ親父っ」

華は憎々しげに吐き捨てた。

「まさか、葉月はそれを了承したの？」

「そのまさかでございます。いえ、葉月様には最初から拒否権なんてなかったのです。あの旦那様達が嫌だと言って諦《あきら》めてくださる相手でないことは、華様がよくご存じかと思います」

「ええ、よく分かってるわ。だからと言って、そんな大事なことを葉月の意志を無視するなんて」

いや、前々からその兆候はあった。

朔の花嫁を選ぶ時だって、なんとしても朔を射止めろとプレッシャーをかけていたではないか。

あの人達にとって娘は道具。

結婚は一瀬の発言力を強めるための手段。

そこに愛情なんて含まれていない。

「あいつら、どこまで葉月を利用したら気が済むのよ」

もう父とも母とも呼びたくないほど怒りが湧く。

「でも、葉月も悪いわ。嫌なら本気で抵抗したらいいのに。またいい子ちゃんでいようとして、理解ある娘を演じたんでしょう。葉月の自業自得な面もあるわね」

言いたいことがあるなら溜《た》め込まずに口にすればいい。

なのに、葉月はいつもなにも言わない。

粛々と両親のあやつり人形となっている。

「華様、それは違います。華様は葉月様のことを勘違いなさっています」

「これは葉月様から口止めされていたことなのですが、今となっては時効でしょう。このままでは華様を守ろうとした葉月様が不幸になってしまわれる」

「……守るってなに？」

今、華を守ると言ったのか。

それはいったいどういうことを意味するのか。

華の表情が強張《こわば》る。

「葉月様は華様をお守りするためにご両親の言いなりになっておいでなのです」

「全然意味が分からない！」

声を荒らげる華とは反対に、とても静かな眼差《まなざ》しを向けてくる紗江の目に、華も落ち着きを取り戻す。

「華様は落ちこぼれとして旦那様達から冷たくされておられましたが、より一層酷《ひど》くなられたのは式神を作り出した時以降でしょうか」

「……そうね」

華自身は初めての式神が嬉《うれ》しくて仕方がなかったのに、両親はあずはをゴミのように見ていた。

あの時の両親の目を華は一生忘れないだろう。

「どこが？」

「華様が作り出したのは最も弱いとされている虫でした。それに失望した旦那様は、一瀬の足手まといになりかねない華様を養子に出すお話を進めておられたのです」

「えっ！」

そんな話は初めて聞く。

だが、あの両親ならやりかねないと否定できないのがなんとも悲しい。

「それをお止めになったのが葉月様です。自分が華様の分も頑張るから、華様を養子に出さないでくれと」

がんっと頭を殴られたような気持ちだった。

「……そんなの、知らない……」

「それからは華様もご存じの通り、旦那様達は葉月様に家庭教師をつけ、到底抱えることができないほどの勉強量を課しました。葉月様は自分でおっしゃったように、文句一つ言うことなく課題をこなしていきました」

「……紗江さんはずっと昔からそれを知ってたの？」

「いいえ、私も知ったのは近年のことです。葉月様についていた使用人が辞める時、私に教えてくれました。このままでは葉月様があまりに不憫《ふびん》だと言って」

華の頭の中は混乱した。

ずっと、どこか自分は被害者で、他の家族は加害者だというような気持ちがあった。

けれど、そうではなかったのかもしれない。

少なくとも葉月は、華のために己を犠牲にしていた。

「紗江さん……」

華は今にも泣きそうな情けない顔をして、すがるように紗江を見た。

紗江は静かに近付いてくると、華の手を握る。

「華様。どうか葉月様をお救いください。私は昔のように仲のよいお二人の姿をもう一度見とうございます」

「そんなこと言ったって、葉月に私の言葉は届かないわ」

これまでだって届いたためしがない。

華は落ちこぼれだから分からないんだと、伸ばした手を払われてきた。

そんな葉月になにを言えるのだ。

また振り払われてしまうだけではないのか。

躊躇《ため》らう華を紗江は叱咤《しった》する。

「怖れてはなりませんよ、華様。どんなに拒否されても、葉月様に声を届けられるのは強い繋《つな》がりを持った華様だけなのです」

「私に葉月との繋がりなんてない」

とっくの昔に切れてしまった。

桔梗と桐矢の間にあるような信頼は自分達にはもう存在しない。

「いいえ、まだ繋がっております。華様がそれに気付いていないだけです。葉月様は華様を待っているはずです」

いつもの強気な華はそこにおらず、迷子のように行くべき道がどこか分からなくなってしまったようだった。

すると……。

「主《あるじ》」

「主様」

葵と雅がその場に顕現した。

紗江は声も出ないほど驚いている。

「主、行ってやれよ」

「でも、葉月は私の言葉を聞かないのに、どうやって」

「主が力を示せばいいだろう。もう主は守られる存在じゃなく守る力があるんだって、あの女に教えてやれよ」

「葵の言う通りですよ。私と葵は仲がよかった頃のお二人を知りませんが、まだ取り返しがつくのなら尽力すべきです。葉月様を放ってはおけないと顔に書いてありますよ。やれるだけのことをやってみてはどうですか？」

「まあ、だけどそうなれば主の望んだ平穏はなくなっちゃうのかもしれない。主はどっちが大事だ？　あの女か平穏な日常か」

「そんなの……」

そんなもの考えるまでもなく決まっている。

その瞬間、華の目に強い光が宿った。

「それでこそ俺らの主だよ」

「私達の力が必要な時はいつでもお呼びください。常に私達は主様の味方です」

それだけを告げると、葵と雅は姿を消した。

「あの、華様。先ほどの方々は式神ですか？」

「うん、まあ」

「華様を主と呼んでおりましたが」

困惑する紗江。それは当然だ。

一瀬において、華は落ちこぼれだったのだから。

けれど、もうそれも終える時が来たのかもしれない。

守るべきものを間違えたくはないから。

「紗江さん、葉月に手紙を書きます。両親に分からないように届けてくれますか？」

「旦那《だんな》様達に気付かれずにですか？」

紗江の困った顔を見るに、かなり難しそうだ。

そもそも、葉月は分刻みでスケジュールを管理されているので、屋敷の中ではなかなか一人にならない。

一人になるとしたら寝る時ぐらいだろうか。

それならいっそ学校の方が接触できるが、華が呼びに行くのは周囲の視線を集めてしまう。

ならば同じクラスの桔梗に頼もうか。

望でもいいかもしれない。

どうすべきか悩んでいると……。

「その手紙、我が届ける」

聞き覚えのない、子供のような声に華は勢いよく振り返る。

そこには葉月の式神である柊《ひいらぎ》の姿があった。

「あなた、どうしてここに……」

「その者について、ここに来たのだ」

柊は紗江を指さして答える。

紗江は知らなかったようで驚いた顔をしていた。

「いつの間に。全然気付きませんでした」

「姿を隠した式神は、そうとう感覚が鋭くないと分からないから」

朔レベルの能力を持っていたら気付いたのだろうが、華は気付かなかった。力は強くても術者としての感覚は朔には及ばないということなのだろう。

「それよりも、あなたが手紙を届けるって？」

「そうだ。我なら誰にも気付かれずに葉月に会える」

「そりゃあそうだけど……」

果たして信じていいのか判断に迷う。

葉月以外の者に手紙が渡ってしまったら元も子もない。

桔梗に呼び出してもらう方が確実だろうか。

すると、華の葛藤《かっとう》を察したのか、柊は華の前にちょこんと正座する。

「我も葉月を助けたい。そのためにお前が動くなら手を貸す。式神である我は葉月の命令に逆らえないから、お前の力が必要なのだ。頼む」

そう言って土下座する柊は信用に足ると即座に判断する。

その真摯《しんし》な態度には覚えがある。

葵や雅が華のために動く時と同じ目をしていたから。

「分かった。必ず誰にも気付かれず渡してね」

「承知した」

そうして華は、柊に手紙を託したのだった。

＊＊＊

翌日、華は学校の屋上にいた。

フェンスの先を見下ろせば校庭が見渡せる。

校庭で体育の授業をする生徒達を眺めながら待っていると、扉を開けて葉月が出てきた。

その顔は少々厳しげだ。

華はゆっくりと体を向ける。

「葉月……」

「華……」

二人の視線が重なり、自分と似た顔立ちの相手を見つめる。

先に目をそらしたのは葉月だった。

「なんのつもり？　柊を使って私に手紙を送りつけてくるなんて、なに考えてるの？」

「……昨日、紗江さんが私の所に来た」

「紗江さんが？」

紗江は華の世話をしていることが多く、葉月とは接点が少なかったようだが、ちゃんと紗江のことを知っているみたいだ。

「ねぇ、結婚するって本当？」

息をのんだ葉月は、次の瞬間には顔に怒りをにじませた。

「紗江さんから聞いたの？　それとも柊？」

「そんなことどうでもいいわ。本当にそんなよく知らない相手と結婚するつもり？」

「華には関係ないでしょう！　もう一瀬の家とは関係ないんだから」

「関係あるわよ！」

華は葉月の腕を摑《つか》み、強い目で葉月を捉《とら》えた。

「私達は双子だもの。片割れの心配をしてなにが悪いの？」

「片割れ……？　っ、今さらなに!?　これまでずっと無関心でいたくせに！　一ノ宮に行って、一瀬のことは捨てたんじゃないの？」

「そうさせたのは一瀬の家でしょう？　うぅん、元凶はあの両親って断定した方がいいのかもしれないけどね」

表立って両親を非難したことはなかったので、葉月はびっくりしていた。

「お父さんとお母さんのことをそんな風に言うものじゃないわ」

「私達を道具としか思っていないやつらよ！　葉月のこともそう。家のため、一瀬のため、道具のように使い潰《つぶ》そうとしてる」

「そんなことない！」

「あるわよ！」

大きな声で否定する葉月の声に被《かぶ》せるように、さらに大声で否定してやる。

「私が一瀬の家を出る時に言ったこと覚えてる？　いつも葉月の行動に自分の意思は伴ってないって。あれを謝罪させて。ごめんなさい」

華は、これまで葉月一人に背負わせてしまったことを後悔しながら深く頭を下げた。

そんな華の行動に葉月は動揺を見せる。

「なによ、突然そんなこと……」

「紗江さんから聞いた。葉月が、養子に出されようとしてた私を守るために両親と交渉したって」

葉月は言葉を失い、目を見張った。

「両親の言いなりになる葉月のことをずっと馬鹿だなって思ってた。我儘《わがまま》も言わず反抗するでもなく、人形のように従う葉月は、このままじゃ本当の葉月じゃなくなってしまうって思った。でも何度忠告しても聞き入れない葉月を私は見放した。それに対して謝りたいの」

「……………」

「葉月のその行動のきっかけは私だったのに、そんなことも知らずにのうのうとしてた。本当にごめん。でも、もういいのよ」

「なにが……」

「私はもう葉月に守ってもらわなくても大丈夫。私のことは自分でなんとかできるから。だから葉月はもう解放されていい。私からも、両親からも、一瀬からも」

華が一歩近付くと、葉月が一歩下がる。

「そんなことできるわけないじゃない。そんなのお父さん達が許さないもの……」

「じゃあ、葉月はこのまま二十歳も上の人と結婚してもいいの⁉」

「い、いいわけない！　そんなの嫌よ！」

葉月は声を荒らげたと思ったら、今度は自信がなさそうに声を小さくする。

「けど、お父さん達には逆らえない」

「そうやって一生従っていくの？　自分の心を殺して、言いなりになって、最後に葉月にはなにが残るの？」

「そんなの分からないわよ！　でも私が嫌だって言ったところでお父さん達が聞き入れるはずがない」

「そんなのやってみないと分かんないでしょうが！」

華は葉月の肩を強く摑むと、揺さぶるように動かす。

葉月の目を覚まさせるかのように。

「葉月は今まで逆らったこともないのに、どうして無理だって決めつけるのよ。やってみないと」

「華はなにも知らないから呑気《のんき》なことを言えるのよ。お父さん達が諦《あきら》めるはずがない。お父さん達は一瀬のことしか考えてないの。私の言葉なんて聞いてくれない」

「だったら全部捨ててやれ！」

葉月は大きく目を見開く。

「お父さんもお母さんも、一瀬も、みんなみんな煩わしいものは捨ててやればいいわ。私はそうしたもの。葉月のことも捨てたつもりだったけど、やっぱりやめた。葉月も一緒に一瀬を捨てよう」

華は不敵な笑みを浮かべてみせた。

そんな華の言葉に激しく揺さぶられた様子の葉月は、必死で反論する。

「なっ！　なに馬鹿なこと言ってるのよ。それに勝手すぎるでしょう！　一度捨てたなら放っといてよ」

「や、だ！　勝手で結構。私は一瀬や馬鹿親父達に煩わされることなく、自分の好きなように生きるって決めたの。だから葉月も巻き込むことにした」

「巻き込むことにしたって、どうするの!?」

「私を誰だと思ってるのよ。今や一ノ宮当主の妻よ。あんな馬鹿親父共よりずっと権力持ってんだから、虎の威を借る狐の精神であんな一瀬なんて潰してやるわ。見てろよ、馬鹿親父。くくくっ」

なんとも凶悪な顔で笑う華に、葉月は顔を引きつらせる。

「華ってそんな性格だった？」

「馬鹿親父共のせいで歪《ゆが》んだのよ。私のせいじゃないわ」

ツンとそっぽを向く華は、葉月に視線を戻して手を伸ばす。

「あとは、葉月次第よ。葉月はどうしたい？」

どうかこの手を取ってくれと願いながら差し出された手は、葉月には分からないほど小さく震えていた。

華も怖いのだ。

なりふり構わず差し出した手を振り払われるのが。

「葉月」

「あ……私は……」

葉月の葛藤《かっとう》が見える。

急に家を捨てろなんて言われて葉月も困惑しているのだろう。

けれどあまり時間もない。

あの両親達は顔合わせを行ったらすぐにでも葉月を嫁がせる気でいるに違いない。

「葉月、お願いよ」

一瀬ではなく自分の幸せを選んでくれと、華は願う。

その時、華と葉月の目の前を小さな妖魔《ようま》が通り過ぎた。

ぎょっとしたのは華だけではなく、葉月も驚いた様子で妖魔に視線を向ける。

すると、校庭から複数人の悲鳴が聞こえてきて、慌ててフェンス越しに見下ろし愕《がく》然《ぜん》とした。

「なに、これ……」

数え切れない妖魔がどこからともなく現れ、校庭にいた生徒を襲っていた。

校庭に響く悲鳴はあちこちから上がり、生徒達は逃げ惑っている。

それだけではない。

華と葉月の周囲にも多くの妖魔が集まってきたのである。

「展開！」

華が叫び結界を発動させれば、葉月も慌てて柊を呼び出す。

「柊！」

顕現した柊は、扇のようなものを一閃《いっせん》させて妖魔を倒していく。

「滅！」

華も負けじと妖魔を倒そうとするが、華の術では倒されなかった。

「はあ⁉　なんで！」

「華は下がってて！　この妖魔すごく強い」

葉月に言われてよく観察すると、確かにこの妖魔達はやけに強い。

普段の抑えた華の力では倒せないのも納得だった。

「そういうことなら。展開！」

あまりの数の多さに、華は制限している場合ではないと、力を抑えるのをやめて全力で倒しにかかる。

「滅！」

ババババンと、複数の妖魔が一気に消滅した。

それを見た葉月が呆気《あっけ》にとられる。

「えっ、今の華がやったの？　そんな力あるはずないのに……」

「説明はあと。それよりこの学校中にいる妖魔をなんとかしないと。朔に連絡するから、ちょっと代わりに周囲を警戒してて」

「わ、分かった」

さすがAクラストップの優等生。

無駄口は叩《たた》かず今最善となる行動を迷わず取った。

華は小さく笑い、スマホを取り出し朔に電話をしようとしたが電波がない。

「電話が繫《つな》がらない！」

「えっ、どうして？」

校庭を見下ろしていた葉月が勢いよく振り返る。

「葉月のスマホは？」

「ちょっと待って。……私のも圏外になってる」

ポケットから取り出して確認した葉月のスマホも使える状態ではなかった。

こういう状況になる場合には覚えがある。

華はじーっと外に向けて目を細めると、学校の内と外との境に歪みを感じた。

屋上をぐるりと回り確認していく華を、葉月はいぶかしげに見る。

「華、なにしてるの？」

「この学校の敷地内に結界が張られてる。電波が届かないのはそのせいみたい」

「えっ！」

葉月は華の視線の先を同じように目を細めて見たが、見えなかったようで首をかしげている。

「そんなのどこにあるの？」

「ほら、学校の塀と校庭との境目」

「いつの間に張られたのか全然気付かなかった。あずは、あの結界を越えられそう？」

華の頭から指に移動したあずはは、一拍の沈黙の後答えた。

『たぶん大丈夫』

「なら、朔を呼んできて」

『はい。あるじ様』

あずははひらひらと飛んでいき、華が見た歪みの前で一瞬止まってからその歪みを越えた。

妖魔の行動にも注視していると、妖魔はどうやら結界を越えられない様子だ。

それだけでなく、校庭にいた生徒達が外へ逃げようとしているが、同じように学校の敷地内より外に進めないようだ。

つまり、ここは大きな妖魔の鳥籠《とりかご》の中になってしまっているということ。

これだけの強さがある妖魔が越えられないとなると、学校内にいる多くの人間が出られない。

「葉月、とりあえず教室に戻って生徒を避難させよう。Aクラスは妖魔退治の経験があるからそんな心配はいらないかもしれないけど、数が多すぎる。きっと校舎の中にも妖魔が入り込んでるはずよ」

「全然見えない」

「そうね。でもどこに避難するの？　外にも出られそうにないのに」

「あの程度の結界なら壊せる」

あずはが外に出られたのだから、自分になら可能だと華は判断した。

「教職員とAクラスで力を合わせれば、身を守る一時的な結界が張れるでしょう？」

「たぶんできると思うけど、その後はどうするの？　結界を壊せるって言うけど、壊したら妖魔まで外に出て周囲の一般人を巻き込んじゃうわ」

「そのために、あずはに朔を呼びに行かせたの。朔が来ればなんとかなる」

「けどっ」

「考えてる暇はないわよ。早くしないと死人が出る！」

葉月のクラスには、他に望と桔梗と桐矢がいるので、一年や二年のAクラスと比べて力がある。なので、余力があれば校門まで出て、そこで結界を張るようにと葉月に伝える。

そうすれば校庭にいる生徒も避難できると考えたからだ。

華の気迫に押された葉月は、不承不承ながらも自身の教室に向けて走った。

華は校舎に戻ると妖魔を倒しながら歩みを進め、廊下の分かれ道で葵と雅を呼び出す。

「葵、私は放送室に行くから、葵はCクラスに行って教室に残っている生徒達を校門まで誘導して。もし途中で逃げ遅れた生徒を見つけたら一緒に連れていってね」

顕現した葵と雅は心配そうにしていた。

「主《あるじ》は？」

「私は大丈夫よ。雅は校庭の生徒をお願い」

「かしこまりました」

「行って。教室には鈴がいるだろうから絶対に守ってね」

葵と雅は一礼すると素早く消えていった。

華もここでじっとしているわけにはいかない。

「あ〜、もう、まったく。なんでこんな時にこんな面倒な問題が起きるのよっと！」

ちょうど角を曲がった瞬間に現れた妖魔を瞬殺して、華は放送室を目指した。

放送室では、数名の教師が必死にマイクに向けて状況を説明しているところだった。

「先生、ちょっとどいて！」

「あっ、こら！　なんなんだお前は！」

「あー、テステステス。校舎内に残った生徒はすぐにAクラスか職員室に向かってください。教職員とAクラスおよび、結界が得意な生徒はそこで結界を張って一時的な避難場所にするように。残りの無力な生徒はその結界の中で大人しくしてること。一ノ宮当主には使いを出したから、術者協会がすぐに動くわ！」

一気に言い切ると、大きく深呼吸して、放送室内にいた教師達に向き直る。

「今の話は本当か？　一ノ宮当主と連絡が取れたのか？」

「その様子だと先生達の電話も繋がらなかったの？」

「ああ、そうだ。それよりなにを勝手なことをしているんだ！」

ここであたふたしているしかできなかった人間に、文句を言われる筋合いはない。

「そんなどうでもいいこと問題にしてる暇があったら、先生達も校舎内で逃げ遅れた生徒を集めて結界を張るのに協力してよ！　死人を出したいの⁉」

華の迫力にたじろぐ教師達を強制的に放送室から叩き出し、華はもう一度同じ内容のことを放送してから、校内に侵入した妖魔《ようま》を次々に屠《ほふ》っていく。

しかし、いかんせん数が多い。

「嵐を連れてくるんだった～」

あの犬神ならば、校舎内を素早く移動しながら妖魔を殲滅《せんめつ》してくれるだろうに。

今頃屋敷でのんびりお昼寝をしていると思うと悔しくてならない。

あずはに朔を呼びに行かせて一時間ほどだろうか。

ひたすら走り回り妖魔を倒していると、後ろから声がかかる。

『あるじ様』

ひらひらと飛んでくるあずはを指に迎える。

『校門前に待機してる。あるじ様が来るのを待ってる』

「朔は？」

「分かった。ありがとう、あずは」

あずははひらひらと飛んで、華の髪に止まった。

「朔が来たなら急ぎますか」

華は方向を変え、校門に向けて走り出した。

校門前では葉月のクラスの生徒が結界を張り、校庭にいた生徒達を守りながら耐えていた。

その側には葵と雅の姿があり、近付く妖魔達を倒している。

二人に声をかけることなく、華は生徒をかき分け校門前の結界の境目に立つ。

結界の向こう側には朔と、幾人もの術者の姿があった。

「華、大丈夫か？」

「妖魔を倒しすぎてもうへろへろ。別荘の妖魔が可愛く思えてくるわ」

そう言って肩をすくめる華は、まだまだ余裕があるように見える。

「それだけ元気なら大丈夫だな。そちらから結界を壊せるか？　あいにくとこの結界を壊せるほどの術者を連れてこられなかった。俺は結界が壊れた瞬間に校内を覆う新たな結界を張って、妖魔が敷地の外に出ないよう閉じ込める」

「了解。ちょっと、そこ空けてくれる」

華は結界の近くにいた生徒に退《ど》くように指示するが、なかなか言うことを聞いてくれない。

「なんだよ、万年Cクラスが偉そうに」

「双子の出涸《でが》らしの方は黙ってろよ。お前になにができるんだよ」

一刻を争うこの時にぎゃあぎゃあとうるさい馬鹿共を黙らせるべく、華は大きな声を上げた。

「うっさいわよ！　ガタガタぬかさずにとっとと場所を空けなさい！　でないと結界の外に放り出して妖魔の餌にするわよ!!」

普段なら言い返しもしない華が怒鳴ったので、生徒達はびくりとした。

それに追い打ちをかけるように朔が口を開く。

「聞こえなかったのか？　今すぐそこからどけ。助けて欲しくないのか？」

「ひっ！　はいぃぃぃ！」

華よりも朔に怯《おび》えて場所を空けた気がしてならないが、今は細かいことは置いておく。

華は空いた空間を利用して結界から距離を取ると、勢いよく結界に向かって走った。

そして、助走の勢いを殺さないまま結界に跳び蹴《げ》りをかます。

その瞬間、パリンと硝子《ガラス》が割れたような音と共に、朔の「結！」という声が響く。

それまでの結界が壊れ、朔の作り出した新たな結界が張られたのだ。

「これで外に出られる。術者ではない生徒はすぐに敷地から出ろ」

朔のその言葉を合図に、生徒が雪崩れるように敷地の外へ逃げ出した。

「やった。やっと出られたぞ！」

「助かったぁぁ」

泣く者もいる中、華は朔の隣に行く。

「ねぇ、これって彼岸の髑髏《どくろ》が関係してたりしないよね？」

「察しがいいな」

「やっぱり……」

華の嫌な予感というのは存外当たるのだ。

「もしかして私か望が狙われた？」

「それか、そこの二人かだな」

二人と聞いて朔の視線を追えば、そこには桔梗と桐矢が立っていた。

朔に向かい丁寧にお辞儀する二人に、朔は問う。

「二条院はこの状況をどう見る？」

「二条院の呪具《じゅぐ》が使われた可能性があります」

毅然《きぜん》とした態度で答える桔梗に対し、朔は不敵な笑みを浮かべた。

「俺も同意見だ。妖魔を集める呪具と結界の呪具が使われていると見ている」

「そんなのがあるの？」

「ああ。結界の呪具は、華にやった例の別荘にも使われている。それを強力にしたようなやつだ。これは特に危険な物ではないし、あらかじめ奴らが持っていたんだろう」

「なるほど」

別荘と似た状況だと思った華の勘は正しかった。

「妖魔を集める呪具は危険ランクＳＳ指定のヤバい代物だな。まさかここで使われるとは思わなかったが、華がいたのが不幸中の幸いか。彼岸の髑髏達も華の実力までは計画に含んでいなかったようだ」

なにがおかしいのかニヤニヤと薄気味悪く笑う朔は、華の頭をぐしゃぐしゃと乱暴に撫《な》でた。

「ちょっと！」

「華、俺は中に入って呪具を探す必要が出てきた。お前が代わりに学校に結界を張れ」

「えー、面倒《めんど》い～」

さっきまで散々妖魔を相手にしていたというのになんという人使いの荒さか。

「仕方ないだろ。学校の敷地全体を覆うような結界を張れるのは、今ここにいる奴の中で俺かお前しかいない」

「え〜」

嫌そうに顔を歪《ゆが》めるが、朔は早くしろと言わんばかりの表情だ。

動かずにいると周囲から……。

「あの落ちこぼれに学校を覆う結界なんて張れるわけないじゃん」

「だよなー。だって三色の教師全員集めても無理だってのに、一人でできると思えねぇよ」

「葉月さんの出涸らし……」

「残りカス……」

ヒソヒソと聞こえてくるのは華への中傷。

朔の前だからか声は抑えているが、ばっちり聞こえている。

「華……」

少し離れたところで、葉月が心配そうに華を見ていた。

葉月を一瀬から解放する。

そのためにできることはすると決意したのは他ならぬ華自身だ。

「はいはい、分かりましたー。その代わり早くしてよね」

「善処はする」

今度は優しく華の頭を撫でると、朔は桔梗と桐矢に向かって言った。

「学生を巻き込みたくないが、二条院の知識が欲しい。危険だがお前達もついてきてくれ」

「もとよりそのつもりです」

桔梗が答えれば、隣の桐矢もこくりと頷《うなず》く。

「よし。華、結界を張ってくれ」

「了解」

華はまるで写真の画角を決めるかのように指で学校の大きさを測ると、手を前に出して唱えた。

「展開」

華の力は形となり、朔の結界の上から覆い被《かぶ》さるように結界が完成する。

すると、周囲がざわめいた。

「嘘っ、まじで張りやがった」

「えっ、本当にあの子がしてるの？」

「だってそんな、まさか……」

口々に驚く声が聞こえる間に、朔の結界が消える。

どうやら華の結界もきちんと張られているようで、妖魔《ようま》が出てくる様子はない。

それを確認した朔が動く。

「行くぞ」

桔梗と桐矢の双子を連れて結界の中に入る。

中は未《いま》だ妖魔がうろうろしておりとても危険だ。まだ中に残された者もいるので早く助けなければならない。

「葵、雅。ここはもういいから、桔梗と桐矢を守って」

「分かった」

「かしこまりました」

それまでこの人型の式神は誰のものだと不思議そうにしていた者達が、華の言葉を聞いてぎょっとする。

そんな反応を新鮮に思いつつ、華はなにごともなかったように振る舞った。

内心では、これは学校が再開されたら大きな騒ぎになるなと思いながら。

けれど、力を示したなら、葉月が華を守る必要なんてない。

ゆっくりと近付いて来た葉月に、華は最大限の笑みを向けた。

「ねぇ、葉月。私強いでしょう？　きっと葉月より強いよ。だからね、もう守ってくれなくていいから。今度は私に葉月を守らせてよ」

「華……っ」

葉月は静かに涙を流し、華の肩に顔を伏せる。

葉月が泣いたところなんて初めて見た。

ここまで追い詰めたのは他ならぬ両親だ。

両親にこれほどの怒りを感じるのは初めてかもしれないなと、華は葉月の背をトントンと叩《たた》きながら、ここにはいない親達への殺意にも似た感情を抑えるのに必死だった。

「お礼参りは覚悟しときなさいよ」

＊＊＊

学校を襲った事件には、やはり協会から盗まれた呪具が使われていたようで、学校の敷地内より発見された呪具は速やかに協会本部へと戻された。

しかし奪われた呪具は他にもまだ残っている。

そもそもだが、桔梗と桐矢が黒曜学校に転校してきたのも、今回の呪具盗難事件が理由だったらしい。

協会本部への侵入を可能にしたテロリストの協力者の術者というのが、一条院に属する人間だったのだ。

桔梗と桐矢は二条院を代表して、本部のある第一学校に転校し、呪具の捜索にあたっていた。

これは五家の信用にも関わることなので、公にはされていない。

なのに、何故華が知っているかというと、またもや朔から無理難題が課せられたからである。

「そうだ。事件解決にお前も協力してくれ」

「え～、またぁ？」

「今度はなにくれるの？」

「別荘をやったところだろう。この金の亡者め」

「だって報酬がないとやる気が起きない～」

嵐を枕にゴロゴロとしている華に呆《あき》れ顔の朔は、やれやれと溜息《ためいき》を吐いた。

「なにが欲しいんだ？」

「ん～とね～。今度こそちゃんとした海の見える別荘に、それに合わせた家具と家電と車と船と……」

「多いぞ！　一つだ、一つ」

「え～、じゃあねぇ……」

華は考え込みしばらく沈黙した後、ゆっくりと起き上がった。

「ねぇ、ものじゃなくてもいい？」

冗談を含まない真剣な顔をした華の様子に、朔も表情を改める。

「言ってみろ」

華の出した要求に、朔は「面白い」と言って口角を上げた。

＊＊＊

妖魔の騒動により休校していた学校が再開された。

またあのような騒動があっては敵《かな》わないと、普段は屋敷で留守番をしている嵐も連れて行くことにした。

事件を聞いた嵐が、テロリスト事件が解決するまで一緒に行動すると申し出てくれたので、これ幸いと受け入れたのだ。

しかし、学校に来て早々失敗したことを悟る。

華は普段力を抑えているので、ある程度の術者からも力の弱い落ちこぼれにしか見えない。

しかし、嵐は式神とはいえ神である。

嵐から溢《あふ》れ出る神聖で強い力は、抑えていようとも漏れ出てしまう。

一目でただの式神でないことが、経験の少ない生徒にもモロにバレてしまったのである。

「すごい、あの式神って普通じゃないよね？」

「力の性質が違うもんね」

「あの噂って本当だったんだ。葉月さんの妹が、実は凄腕《すごうで》の術者だったって」

「じゃあ、なんでCクラスなんかにいるのかな？」

そんな声もあれば、

「お前、一瀬の妹が結界張るの見てたんだって？」

「そうだよ。ほんとすげぇの。あんな強力な結界、一人の力で作り出すなんて、並の術者じゃできねぇよ」

「俺も見たかったなぁ。一ノ宮のご当主に選ばれたのも奇跡が起きたわけじゃないってことか」

「そりゃあれだけの実力がありゃあ、お呼びがかかっても不思議じゃないって。ご当主も信頼してるように見えたし。お互いの背を任せられる相手って感じで格好よかったぜ」

なんて声も聞こえてきて、華は頭を抱えたくなった。

「想像以上だ」

人前であんなに遠慮なく力を使ったのだから騒ぎになるのは予想していたが、華の想像以上にその話題で持ちきりとなっていた。

自分のクラスに行くと、話を聞きたい、でも近寄りがたい只《ただ》ならぬ空気を発している嵐がいるので近くに寄れないと、葛藤《かっとう》しているクラスメイト達がいた。

そんな中で、いつも通りニコニコとした笑みを浮かべて駆け寄ってくる鈴の姿に華は癒《いや》される。

「華ちゃん、おはよう」

「鈴〜。あなたはやっぱり癒し系女子だわ」

ぎゅうっと抱きつけば、鈴はよく分からないといった顔をしながらも嬉《うれ》しそうに抱き返してきた。

「それにしても華ちゃんすごいねえ。一躍時の人になっちゃって、学校中、華ちゃんの話ばかりしてるよ」

自分のことのように自慢げに話す鈴は、足下の嵐にもようやく気付く。

「あっ、この子ってこの前の犬神様だよね〜。華ちゃんの式神さん」

一度たたり神となった嵐に襲われた経験のある鈴は、怖がるかと思いきや躊躇《ためら》いもなく嵐の頭を撫《な》でた。

「わぁ、もふもふ〜。私もこんな式神欲しいなぁ」

そんなことを鈴が言うものだから、鈴の肩に乗っているリスの式神がやきもちを焼いて、鈴の髪を引っ張っていた。

なんと微笑ましい光景だろうか。

あんなことがあっても、態度を変えないでいてくれる鈴と友達でよかったと心から思う。

一方で。

「ねぇ、犬神ってことは神様?」

「神様なんて式神にしたの?」

「すげーけど、なんか怖いな」

「ってかなんでCクラスなんだよ。余裕でAクラスじゃないの?」

華に向けられる奇異と疑いの視線。

散々落ちこぼれと思って下に見ていた相手が実は強い力を持っていた。

好意的な意見だけではないのは理解していたが、こうもあからさまだと華も落ち込む。

これまではCクラスの生徒とも仲良くやってきたが、Cクラスの生徒は皆どこか劣等感を持っている。

そんな中に強い華がいたら、違和感を持つ者もいるだろう。

それは仕方ないことと諦《あきら》めるほかない。

それからいつも通り授業が始まり、昼休みになると、いつも来る二条院の双子ではなく、華の片割れである葉月が訪れた。

葉月がCクラスにやって来ることなどほとんどないので、Cクラスの生徒も驚きながら様子を窺《うかが》っている。

だが、本来ならそんなおかしいことでもないのだ。このクラスには双子の華がいるのだから。

華は迷わず席を立ち、葉月の下へ向かう。

「どうしたの、葉月？」

「今、いい？　話があるの。妖魔《ようま》の騒動があった時のこと。華の力のこととか」

「分かった」

いつもお昼を一緒に食べている鈴に視線を向ければ、にこりと笑いながら手を振ってくれるので、華も振り返す。

いってらっしゃいということだろう。

察しのいい鈴に感謝して葉月と場所を移動する。

訪れたのは前も話をした屋上。

ここが一番人が来なくて話をしやすいのだ。

「まずなにが聞きたいの？」

「華の力よ！　だって華は力も弱くて、式神は蝶《ちょう》でしょう？　そんな力があるはずないのに」

「確かにね。あずは、力を解放していいよ」

華の髪に飾りのように大人しく止まっていたあずはは、ひらひらと華と葉月の間を飛び、力を解放する。

その瞬間、あずはの羽は色鮮やかなものへと変化した。

あずはから感じる大きな力。

それは人型の式神に匹敵するほどに強い力だ。

葉月も正確に感じ取れたようで驚愕《きょうがく》した表情になる。

華は順を追って説明した。

「確かに私は術者としては落ちこぼれで、力も葉月には遠く及ばなくて、出涸《でが》らしだとか残りカスだとか言われてた。それは事実だから否定しない」

「でも、こんなに強い力があるじゃない」

「十五歳の誕生日、それが私の転機になったの。それまで大した力がなかったのに、それが偽りだったかのように急に大きな力に目覚めてね。まあ、信じられないかもだけど」

実際に、今でも華自身、信じられない思いだ。

なにが切っかけだったのか、原因はなんなのかも判明していない。

分かっているのは、その日を境に葉月すら凌駕《りょうが》する力を得たということ。

「どうして隠してたの？」

「面倒だったから」

華は即答する。

「これほど大きな力を持ってるとあの親達が知ったらどうなる？　当然、一瀬のために都合のいい道具を手に入れたと大喜びするでしょうね。そして最後は使い潰《つぶ》される」

華は皮肉めいた笑みを浮かべた。

葉月もその光景が想像できたのか、華の言葉を否定しない。

それこそがもう答えだ。

葉月はちゃんと分かっている。

あの親に子への愛情なんて皆無なのだと。

「そんなの私はごめんよ！　散々人に冷たくしておいて、力を得たっていうだけで態度を豹変《ひょうへん》させる。そんな親が信用できなかったから隠したの。今でもその判断は間違ってなかったと確信してるわ」

華は反論を許さない強い眼差《まなざ》しで葉月を見据えた。

葉月はその眼差しを受け止めることができなかったのか、そっと視線を外す。

「なら、どうして今になって力を周囲に見せたの？　これがお父さん達にバレたら、きっと家に戻ってこいって言ってくるはずなのに」

「関係ないわね。そんなの誰がどう言おうと、私には関係ないわ。今さら手のひらを返されたって、あの人達がしてきたことが消えてなくなるわけじゃない。冷たくあしらわれた記憶は、簡単に消えてはくれないのよ」

「そう、よね……」

葉月の表情は暗く落ち込んでいく。

「葉月はどうするの？」

「えっ？」

葉月は驚いたようにはっと顔を上げた。

「言ったじゃない。このまま結婚するのは嫌なんでしょう？　ならできることは一つしかないんじゃないの？　あの両親は一瀬の家にいる限り葉月を支配しようとするわよ。それはきっと馬鹿親父が決めた男の下に嫁いでも変わらないと思う。むしろ余計にひどくなるかもしれない」

「………」

「ずっと、両親が死ぬまで言いなりになるつもり？」

葉月の目は迷っているようだった。

「協会本部にテロリストが侵入したって話、葉月は知ってる？」

突然話題ががらりと変わり、戸惑いながらも葉月は頷《うなず》く。

「ええ、聞いてるわ。まだ見つかってないらしいわね」

「その捜索の手伝いをする代わりに、朔と取引したの」

「そんな、華はまだ学生なのに、危ないわよ！」

「朔の無茶ぶりは今に始まったことじゃないから大丈夫。それより、朔に報酬として願ったのはね、葉月がもし一瀬に見切りをつけたなら、朔に葉月の後見人になってもらって、一ノ宮の屋敷で葉月の面倒を見てくれってこと」

葉月は目を大きくした。

「なにを言ってるの！　ご当主様にそんな大それたこと頼むなんて！」

葉月の反応に華はくすりと笑う。

「葉月ならそう言うと思った。でも、朔は葉月を受け入れると言ってくれたわよ」

まあ、その時、朔は凶悪犯のようなあくどい笑みを浮かべていたのだが、葉月は知らない方がいいだろう。

「だから、後は本当に葉月の決断次第なの」

華は葉月に近付き、手を握った。

「葉月の人生は葉月のものよ。私の人生が他の誰でもない私のものであるのと一緒で」

「華……」

葉月は唇を嚙《か》み、俯《うつむ》いた。

「なにかあったらここに電話して」

そう言って華の電話番号を書いておいたメモを葉月に無理やり渡した。

「おかしな話よね。私達双子の姉妹なのにお互いの電話番号すら知らなかったのよ。昔はあんなに仲がよかったのにね」

寂しそうに笑う華を見て、葉月も同じ顔をした。

「ほんとね……」

葉月は大事そうにメモを握り締めると、それ以上はなにも言わず屋上から去って行った。

後はもう華に言えることはない。

葉月がどんな決断をするのか。

それがいいものだとしても悪いものだとしても、受け入れる覚悟をしなければならない。

でも、意外なほど華の心は満足していた。

「葉月とこんなに話したのは何年ぶりかな」

空を流れる雲を見ながら、華はしばらく感傷に浸った。

# 五章

「い、や、で、す」

葉月との話を終えるや、校内放送で華を職員室へと呼び出したのは、三年のAクラス、つまり葉月のクラスの担任だった。

Aクラスの担任に呼び出されるようなことは今までなかったのだが、葉月のことでなにか話でもあるのだろうかと思ってやって来てみると、話は華についてだった。

なんと、華をAクラスに編入させたいと言うのだ。

それに対する答えが冒頭の言葉である。

なにが悲しくて今さらAクラスの一員とならなければならないのか。

なんのために万年Cクラスの成績を保っていると思っているのだろうか、この担任は。

けれど、これだけ華が不機嫌そうに拒否の姿勢を崩さないのに、簡単には諦《あきら》めてくれない。

「しかしだな、お前ほどの力を持った術者をCクラスなんかに置いておけないだろう」

Cクラスなんか。

それだけでこの教師がCクラスを下に見ていることが窺《うかが》える。

同じ生徒だろうに、教師の中にもCクラスの生徒への差別の心は染みついている。

だからCクラスになった生徒が劣等感に苛《さい》まれるのだ。

教師からの扱いの差があからさますぎるのである。

「なんと言われようと嫌なものは嫌です！」

「一瀬もCクラスなんか嫌だろう？」

「そう思ってるのは先生の方なんじゃないですか？　私はCクラスでも別段問題はありません」

「しかしだな」

「くどい！　これまで散々私が校内で落ちこぼれだなんだと陰口叩《たた》かれ、嘲笑《ちょうしょう》されていたのを見ても知らんぷりしてたくせに、今さら手のひら返して擦り寄ってきたって遅いのよ！」

そう、Cクラスになるのが悪いと言わんばかりに、華がAクラスやBクラスから虐《いじ》めとまではいかないが馬鹿にされていたのに、庇《かば》ってくれた教師はただの一人もいなかった。

このAクラスの担任とて生徒と一緒になって嘲笑していたのを華は忘れていない。

「私、嫌なことはしつこく覚えてる性格ですからね。先生のこともちゃんと覚えてますよ。このことをポロッと朔に言っちゃうかもしれませんねぇ。朔ってば私を愛しちゃってますからどんな報復をするか楽しみですね」

一生忘れねーぞと脅すように睨《にら》みつければ、Aクラスの担任は顔色を悪くしてようやく黙った。

「話はそれだけですか？　なら失礼します」

Aクラスの担任もそれ以上華を引き留めることはしなかったので、足早に職員室から出る。

こんなことを言い出す教師がいるのではないかと予想していたが、思っていた以上に不愉快だった。

「ここに鈍器があったら投げつけたいぃぃ」

地団駄を踏む華を、嵐がつぶらな瞳《ひとみ》で見あげてくる。

「嵐～、私のささくれだった心をそのもふもふで癒《いや》して～」

そう言うや、許可が出る前に嵐に抱きつく。

なんと心地よいもふもふ加減だろうか。

触っているだけで心の中で荒れ狂う波が穏やかになるかのようだ。

しばらくそうしていると落ち着いてきたので嵐から離れる。

『もうよいのか？』

「うん、ありがとう」

お礼ついでに嵐の頭を撫《な》でる。

神様に対して無礼かもしれないが、嵐が怒らないのをいいことにやりたい放題だ。

「まったく、力があるってだけでここまで騒がれるなんてね」

『ただの力ではない。たたり神となった私を救うほどの力だ。騒ぐのも仕方ないと思うぞ』

「あれはまだ完全に嵐が堕《お》ちきってなかったからできた、かなり強引な力業よ？」

『その力業をできる者は少なかろう。華はもっと自慢していい』

「自慢ねぇ」

そんなことをすればもれなく騒がれて面倒ごとを引き起こし、平穏な老後から遠ざかってしまうので、馬鹿みたいに自慢して回るわけにはいかなかった。

けれど、力が知られた以上、老後を考えるより、今を考える必要がありそうだ。

「まあ、今後は自重する必要がなくなったのはスッキリしたかもね」

『私とて主《あるじ》が馬鹿にされているのはいい気分ではないからな。葵と雅もそれはもう喜んでいる。あれだけの力を示してなお、そなたを馬鹿にできる者は少ない』

「確かに。自称天才で俺様な朔ぐらいかもねぇ」

華はクスクスと笑った。

『だが、今度の試験の結果次第ではまた馬鹿にされるかもしれないぞ？』

「嫌なこと思い出させないでよ」

せっかく忘れていたというのに。

『力は強いが頭は悪いなんて言われないようにしてくれ』

「それ、今までの悪口より何故か気分が悪くなるんだけど。その言われ方だけはされたくないわね」

美桜の特別授業を回避するためだけではない理由ができてしまった。

「しばらく勉強漬けだー」

華はげんなりしてきた。

＊＊＊

「くそっ！」

八つ当たりするように書類を机に叩きつける朔。

それを華はフォローすることもできず、見ているしかない。

「見つかりそうにないの？」

「ああ、痕跡《こんせき》がまったく摑《つか》めない」

中々捜査は進まない様子だ。

まだ見つかっていない他の呪具《じゅぐ》の行方も気になるところ。

術者を総動員して捜しているが、消息は不明のままだ。

学校での騒動は華がいたことで最悪の事態を避けられたが、次もうまく解決できるとは限らない。

このままでは一般人の犠牲者が出てしまうと、朔が焦っているのは華の目から見ても分かる。

そもそも、何故学校が狙われたのか。

やはりそれは五家に深く繫《つな》がりがある、華や望、そして桔梗と桐矢がいたからという結論に至った。

では、今後どうすればいいのか。

それが一番の難問だったが、なんとそれをあずはが解決してしまう。

『あるじ様～』

「どうしたの、あずは」

華が一ノ宮の屋敷にいる間、あずはは時々外に遊びに出ているようだった。

遊ぶと言っても、ひらひらと好きなようにあっちこっちを飛び回っているだけだ。

華も、あずはの強さなら危険なことはないだろうと好きにさせている。

外出の禁止された華はなかなか式神達を外に連れて行けないので、あずはだけでも気分転換ができるならいい。

あずはは力を抑えれば、ちょっと綺麗《きれい》な羽を持った普通の蝶《ちょう》にしか見えないのだから。

『あのね、あるじ様が前に言ってた、彼岸のどろりだっけ？』

「彼岸の髑髏《どくろ》ね」

思わず噴き出してしまいそうになりながら訂正した。

『そう、彼岸の髑髏。見つけたよ』

「なんだと！」

大きな声を上げたのは、華ではなく朔だ。

摑みかかりそうな勢いであずはに突進していくものだから、華は素早くあずはを守るように確保する。

「あずはに手荒なまねしたら許さないわよ！」

「それより彼岸の髑髏だ。見つけたって、いつ、どこで⁉」

とりあえず華は興奮している朔を止めるべく、最近通販で買った巨大なピコピコハンマーで朔のすねを思いっきり叩く。

「〜っ！」

痛みに悶《もだ》える朔を冷たく一瞥《いちべつ》し、あずはに優しく問いかける。

「彼岸の髑髏を見つけたって、どうやって？」

『あのね、空を飛んでたらね、彼岸花と髑髏の印を持った人達がどこかの屋上で話してるのを見つけたの』

「それどこか分かる？」

『分かんない』

「そっかぁ」

聞いていた朔ががっくりと肩を落とした。

『でもね、でもね。その人達を捕まえないとあるじ様が外に出られないって言ってたからね、お手伝いしようと思って、とりあえず洗脳しておいたよ』

可愛らしい声で、かなりの爆弾発言だ。

朔は顔を引きつらせている。

「おいおい。洗脳ってどういうことだ？」

『その人達に、あるじ様を襲うようにって催眠術みたいなのをかけたの。どこにいるか分からないなら、向こうからやって来てくれたら捕まえるのも簡単でしょう？』

「そ、そうね」

終始得意げなあずはは、自分がどれだけのことをしているのか自覚はないようだ。

無邪気に華の役に立つことだけを考えている。

『だからね、近いうちにあるじ様を襲いにやって来ると思うよ』

華を襲うように催眠術をかけるなど、普通なら叱るところなのだろうが、彼らを実際に見たあずはが華になら対処可能と判断してのことなのだろう。

そうでなければ、あずははわざわざ華を危険な目に遭わせたりなどしない。

『あるじ様、あずは偉い？』

「うんうん、すごいよ、あずは。よくやったね」

『えっへん。あるじ様の式神だもん』

得意げなあずはは、ひらひらと部屋の中を飛び回った。

「お前の式神はどうなってるんだ、規格外すぎるだろ」

頭を抱える朔に、華も答えに迷った。

術者協会が血眼になって探しているやつらを洗脳して帰ってくるなど、さすがの華もびっくりだ。

そして、あずはによって近々彼岸の髑髏が襲ってくると知った華と朔は、二人でデートすることにした。

警備の厳重な一ノ宮の屋敷で引き籠《こ》もっていては、襲いたくても襲えないだろう。

襲ってもらうためには、自ら動く必要があった。

あえて隙を見せるように二人だけで行動する。

とは言っても、見えないところに協会の術者が隠れている。

それは華を守るためでもあるが、守られている華にもどこに隠れているか分からないほど完璧《かんぺき》な隠密《おんみつ》具合だった。

しかし連日二人で人気の少ない所を動き回ったが、なかなか姿を現さない。

最初こそ、いつやって来るのかとドキドキしていたのに、だんだんと緊張感が薄れていく。

「ほんとに来るのか？」

さすがの朔もあまりに動きがないので疑い始めている。

「あずはの力を信じてないの？　とはいえ、本当に全然襲ってくる気配もないわね」

人の姿がほとんどない公園で、ベンチに座りながら華は溜息《ためいき》を吐く。

「まあ、俺はデートを楽しめて役得だがな」

急に色気を発し始めた朔に、華は距離を取ろうとするも、腰に手を回され引き寄せられてしまう。

「ちょっと朔。ここ、外!」

「別に誰もいないから問題ないだろう?」

昼を朔の親指がすっと撫《な》でると、背筋がぞくりとした。

「なあ、華? もう俺の気持ちは伝えたはずだが、いいかげん受け入れる気にはなったか?」

「こんな時になに言ってるのよ」

慌てふためく華の顔が赤く染まっていく。

「こんなにも誰かを欲しいと思ったのはお前が初めてだ。お前も嫌ではないだろう」

「いやいやいや」

朔の色気ダダ漏れの視線を直視できず顔を背ければ、すぐに朔の手に顎《あご》を掴まれ戻される。

逃げられない。

不敵に微笑むその顔を憎らしく感じるのに、そこから目が離せなくなる。

「ごまかすな。華の気持ちを知りたい。俺は嫌か?」

「そ、そんなことはないけど……」

しどろもどろに答える華を、朔は逃がしてはくれない。

「華。口にしなくてもいい。嫌なら避けろ」

そう言うと、朔はゆっくりと顔を近付けてくる。

避ける。避けない。

華の頭の中はパニック状態だ。

早く決断しなくては唇が触れてしまう。

けれど、嫌かと聞かれたら、華は……。

あとわずかで唇が触れるほど近付いても避ける様子のない華に、朔はふっと小さく微笑み、最後の距離を縮めようと動く。その時。

「それ以上は許しませーん!!」

突然の大声にびくっと体を震わせた華は、我に返り目の前の朔を突き飛ばした。

「うわっ！」

危うくベンチから落ちそうになった朔だが、すんでのところで堪《こら》えていた。

「くそっ、あと少しだったのに」

悔しそうにする朔の言葉に顔を赤くする華は、突然割り込んできた声の主に顔を向けた。

「桔梗。桐矢も。どうしてここにいるの？」

大きな声で止めに入ったのは桔梗であった。

桔梗は大きな目をウルウルさせて華に抱きつく。

「計画の一員として陰ながら見守っていたんです！」

「み、見てたの？」

今の一連のやり取りを見られていたと知った華は、一気に顔に熱が集まった。

そうだ、見えないところに術者達が潜んでいるのだった。

きっと他の術者にも見られていたと分かって、華は穴を掘って埋まりたい気持ちになる。

「狼から救えてよかったですっ」

華から離れようとしない桔梗だが、桔梗が好きなのは朔ではなかったのか。

どうも心配する相手が違っている気がしてならない。

「こぉら！　なに邪魔してやがる」

「嫌がる華さんを襲うなんて不誠実です、不潔です！」

「夫婦でキスしてなにが悪い！　というか、お前が怒るなら俺にじゃなくて華にじゃないのか？」

朔の言う通りだ。桔梗は朔が好きなのだから、普通ならば怒るのは朔とキスしようとしている華にだろう。

「じゃあ、私と結婚してください！」

「断る！」

朔に告白なんてできないと恥ずかしがっていた桔梗は、恥じらいをどこかへ放りだしたように告白した。

食い気味で朔に断られてしまったが。

「ひどい！　そんなはっきりと。華さぁぁん」

嘆く桔梗は再び華に抱きついた。

「華にくっつくな。華は俺のだ」

そう怒鳴る朔により引き剝《は》がされた桔梗は、朔に食ってかかる。

「違います！　華さんは皆のものです」

「いや、私は私のものなんですけど」

朔と言い合いをしている桔梗からは、もはや朔への恋情が感じられない。

これはどういうことだろうかと首をかしげていると、桐矢がそっと教えてくれる。

「桔梗は前の学校でも二条院の次期当主候補ってことで周囲から遠巻きにされていて、友達ができなかったんだ。だから華が友達になってすごく嬉《うれ》しいみたい。朔さんにはまだ好意が残ってるみたいだけど、それより華の方が大事になったんだろうね」

珍しく長文を話す桐矢は、とても優しい顔で桔梗へと視線を向けた。

「だから、これからも桔梗をよろしくお願いします」

何度目か分からない深々とした丁寧なお辞儀に、華は苦笑する。

「まあ、ほどほどにね」

＊＊＊

結局、桔梗と桐矢も加えた四人で過ごすこととなり、デートを喜んでいた朔の機嫌は急降下した。

時々舌打ちをする朔とは反対に、桔梗は楽しそうだ。

「もうお昼の時間ですから場所を移動してランチにしましょう！」

「確かにお腹減ったかも」

「近くに二条院が経営するレストランがあるので、そこに行きましょうか。味は保証しますよ」

「うん。……あっ、その前にちょっとお手洗い行ってくる。ここで待ってて」

「それなら私も」

ということで、華は桔梗と二人で少し離れた公衆トイレへと向かう。

用事を済ませてトイレから出ると、まるで華達を待ち構えていたように怪しい集団に囲まれた。

警戒心を露《あら》わにする華は、周囲に結界が張られていることに気付く。

これは妖魔騒動の際に学校にも張られていた結界と同種のもののようで、スマホを確認すると電波が遮断されていた。

そして、周囲を囲む者達をよくよく見てみれば、朔の言っていた彼岸花と髑髏《どくろ》が描かれたボタンを身につけている。

「あなた達が彼岸のどろり？」

「華さん、彼岸の髑髏です」

「おっと、そうだった」

すかさず桔梗が訂正してくれたが、あずはが何度教えてもどろりどろりと間違うので、華にもついうつってしまった。

「お前が一瀬華だな。一ノ宮当主の奥方、我々と一緒に来てもらうぞ」

「あなたが彼岸の髑髏で一番偉い人？」

「しかり！　私がここのボスだ。一ノ宮の奥方を迎えるのに、下っ端だけで行かせるのも失礼だからな」

「それはお気遣いどうも。けど、捕まるのはあなた達の方よ」

華の髪に止まっていたあずはが、ひらひらと彼岸の髑髏達の上を飛んでいく。

蝶《ちょう》と思って気にしていないようだが、それは悪手だ。

あずはの羽が動くたびに、細かい鱗粉《りんぷん》が彼らの上に降り注ぐと、恐らくあずはがあらかじめ洗脳していたという者達が、華から向きを変え同士討ちを始めた。

「なんだ、どうした、お前達⁉」

突然のことに激しく動揺するテロリストのボスは、周囲を見回しながらあたふたしている。

そして、またもやあずはが舞い飛べば、ボスの周囲にいた者達の目がうつろになり、ゆらりと動き出してボスの両腕を掴《つか》み拘束した。

「やめろ！　なにをしている！　捕まえるのはあっちの女達だ！」

拘束から逃れようと暴れるボスの後ろには、聖母のような笑みを浮かべた雅が立っており、巨大なピコピコハンマーを振り上げ、ボスの脳天に振り下ろした。

「がっ！」

とてもピコピコハンマーで殴ったとは思えない衝撃音を響かせると、ボスは白目を剥《む》いてその場に倒れた。

「うわぁ、痛そう」

「自業自得です」

なんともあっさりボスを倒すと、桔梗がボスの体を探り始める。

するとなにやらたくさんの道具が出てきた。

「もしかしてそれが呪具《じゅぐ》？」

「そうです。どうやら、全部このボスが持っていたようですね。以前学校で見つかったものを含めると数が一致します」

「へぇ、じゃあ、これで事件解決？」

「はい。これまでがなんだったのかと思うほどあっさりと解決してしまいました」

事件が解決したというのに、桔梗はなんとも複雑そうな表情をしている。

「こんなことなら最初から華さんに協力を要請していたらよかったです……」

「私の労働力は高いわよ。ちゃんと解決したわけだし、よしとしましょう」

喜ぶどころか落ち込む桔梗の肩を叩《たた》いて慰める。

「じゃあ、結界壊すわよ」

「はい」

華が蹴《け》り飛ばそうとするのを雅が止める。

「主様《あるじ》、ここは私にやらせてください」

ニコニコと微笑む雅は、その手に持ったピコピコハンマーを振りかぶり、やる気に満ちている。

通販で買った玩具《おもちゃ》に力を込めて雅用の武器にしたのだが、どうやらかなり気に入ったらしい。

武器の威力を試したいのだろう。

「じゃあ、お願い」

「はい」

声を弾ませて返事をすると、雅は結界に向かってピコピコハンマーを叩きつけた。

硝子《ガラス》が割れるような音と共に結界が壊れる。

ボスの仲間はとっくに葵と嵐に戦闘不能にさせられ、誰も立っていない。

代わりに、草むらの陰から幾人もの術者らしき人達が走ってきた。

「ご無事ですか？」

「遅れて申し訳ございません！　突然彼岸の髑髏の仲間が襲ってきて、周辺で混戦状態となっております。一ノ宮のご当主も対応中です」

「えー、そうだったの」

どうりで誰も助けに来ないはずだ。

朔なら結界を張られていたら気付いたはずなのに。

こちらを助けに来られないほどの状況なのだろうか。

「桔梗、私は朔の所に行ってくるね」

「私は呪具の回収を優先させます」

「分かった。まだ他に彼岸の髑髏の仲間がいるみたいだから気をつけてね」

「はい。華さんもお気をつけて」

桔梗に頷《うなず》くと、華は急いで朔の下へ向かった。

「葵達は周辺で戦ってる術者を援護してあげて」

「分かった」

華の指示で、式神達が周囲に散っていく。

華は真っ直ぐ朔の所へ戻ったのだが……。

「貴様、この俺にその程度の力量で挑んでくるとはいい度胸だな」

「ひぃぃぃ！　ごめんなさいごめんなさいごめんなさい」

「許してください！」

「お前らのせいで俺がどれだけ苦労してると思ってんだ。命乞《いのちご》いならあの世でしてこい」

「ぎゃぁぁぁ！」

どうやら助けに入る必要はなかったようで、敵は朔によりボッコボコにされ命乞いをしている最中《さなか》だった。

すでに戦意喪失している相手をさらに痛めつけている朔に、華は頬を引きつらせる。

よほど彼岸の髑髏に対して鬱憤《うっぷん》が溜《た》まっていたらしく、相手を本当にあの世に送ってしまいかねない勢いだ。

後ろから桐矢が羽交い締めにして朔を止めようと尽力していた。

「朔ってば、なにやってるのよ」

「華か。そっちは終わったのか？」

「遊んでる暇があるなら助けに来てくれてもよくない？　まあ、その前にあずはと雅でボスを瞬殺しちゃったんだけど」

「そうだろうと思って助けにいかなかった。しかし、そっちにボスがいたのか。だったら行っておけばよかったな。そいつはどうした？」

「とっくに護衛をしてた術者に引き渡したわよ」

「ちっ、遅かったか」

舌打ちをする朔は、間に合っていたらどうするつもりだったのか。

雅により一瞬で意識を刈り取られたのは、ボスにとって幸いだったかもしれない。

こうして、呆気《あっけ》なく事件は収束を迎えたのだった。

桐矢も桔梗を追っていき、後は式神達が戻ってくるのを待つだけだと気を抜いた時。

少し離れた所で禍々《まがまが》しい力が爆発するのを感じた。

はっとした華は、力の方向へ目を向け焦りをにじませた。

「朔、あれ」

「行くぞ！」

禍々しい力へ向かって駆けだした朔の後を、華も慌てて追う。

公園の奥、小さな広場になった場所で、紫色のドロドロとした力の塊に人が呑《の》み込まれていた。

「きゃぁぁ！」

「助けて、助けて！」

そう叫びながら華達の方へ逃げてこようとした彼岸の髑髏《どくろ》の一員と思われる者が、禍々しい力に搦《から》め捕られ吸い込まれていくのを目の当たりにし、華は顔を強張《こわば》らせた。

「なにあれ」

「くそっ！　よりによって一番厄介な呪具を発動させやがった」

「えっ！　でも桔梗は全部ボスが持ってたって言ってたわよ？」

すると、タイミングよく桔梗から電話がかかってきた。

「もしもし、桔梗？」

『華さん、すみません！　よくよく数を数え直したら、一つ足りないんです。よりによって一番危険なやつが』

「今まさに発動されちゃったわ」

『最悪です。私達もすぐに戻ります！』

電話を切ると、公園内に散っていた式神達が周囲の異変に気付き、集まってきた。

「主！」

「主様、あれはなんですか？」

「私に言われても分かんない。朔」

説明を求めるように朔を窺《うかが》えば、厳しい表情をしている。

「あれは周囲にいる力のある者を取り込んで、妖魔《ようま》を呼び寄せる呪具《じゅぐ》だ。取り込んだ人数が多いほど強い妖魔を呼び寄せる」

「はあ!?　なにそのいらない機能は！」

「俺に言うな。作ったのは昔の二条院の術者だ。ほら、妖魔が集まってきた」

うようよと集まってきた妖魔からは、華が出会った中でもトップクラスで強い力が感じられる。

「結！」

朔が禍々しい力を放つ呪具と、集まってきた妖魔を一緒に囲うように結界を張る。

「少なくともこれで、呪具の力を外に出さずに済むから、これ以上妖魔が集まってくることはないだろう」

「けど、あの呪具はどうするの？　おわっ！」

呑気《のんき》に話をしていたら集まってきていた妖魔が襲ってきて、華は間一髪攻撃を避《よ》ける。

その妖魔はすぐに葵によって真っ二つに切られたが、なんということか、その二つがそれぞれの独立した妖魔になったのだ。

「どういうこと!?」

「呪具の影響だ。呪具の禍々しい力が妖魔に力を与えている。呪具をなんとかしない限り、ジリ貧だぞ」

「んな、無茶苦茶な」

昔の二条院はなんのつもりでこんな呪具を作り出したのか。

本人がここにいたら三発は殴らないと気が済まない。

「朔、どうしたらいいの?」

「分からん!」

堂々と言ってのける朔に、華はこけそうになる。

「はあ!?」

「仕方ないだろ。あれは危険だから発動させたことがない代物なんだ。対処の仕方なんて作った本人にしか分からん」

「それでも一ノ宮の当主かー!」

襲い来る妖魔に対応しながら朔に文句を叫ぶ華の顔には、焦りがにじんでいる。

「どうしたらいいのよ」

このままでは朔も自分も力尽きるのを待つだけだ。

あるいは二条院である桔梗達ならなにか知っているのかもしれないが、果たして間に合うのか。

すると、目の前の妖魔を蹴《け》り飛ばした嵐が近付いてくる。

『華にならできるのではないか？』

「えっ？」

『私を救った時と同じ要領だ。呪具から取り込まれた者達を引き剝《は》がし、呪具自体を結界で封じ込めれば発動は抑えられるはずだ』

嵐も確信があるわけではないようだが、このままなにもしないわけにはいかない。

「分かった、やってみる」

『援護は任せろ』

華はゆっくりと禍々しい力を発する呪具に近付くと、己に強力な結界を張りながらその力の塊に触れる。

それは華を取り込もうとするようにまとわりついてくるが、結界を張っているおかげで取り込まれることはなかった。

華は嵐に言われたように取り込まれた人を呪具から引き剝がすように力を流す。

呪具はまるで苦しむかのようにのたうち回り、華をさらに搦め捕ろうとする。

すると、わずかに華の結界がたわんだ。

ぎょっとする華は、あまり時間をかけていられないことを悟ると、急いでより強い力を流す。

呪具と人との境目を探るように、慎重に力を動かすと、取り込まれた人と禍々しい力との境に力を送り込んだ。

一人、また一人と、呪具から解放される。

ピクリとも動かない彼らが生きているのか確認している余裕はない。

冷や汗が華の顔を伝う。

嵐を救った時とは違い、質より量の勢いで、押し返されないように力を流す。

どんどん解放される人達を横目で見ながら、呪具が必死で抵抗しているのを感じる。

最後の抵抗というように一際激しく暴れ出した呪具に向け、華は渾身《こんしん》の一撃を流し込んだ。

華の周りにあった結界が壊れるのと、取り込まれた最後の一人が解放されるのはほぼ同時だった。

急激に力をなくした呪具は禍々しい力を小さくさせ、最後に手のひらに収まるほどの銀の棒が残された。

それはなおも華を取り込もうとしてきたので、慌てて幾重にも張った結界に閉じ込める。

辺りに漂っていた禍々しさは消え失《う》せ、葵が大剣を一閃《いっせん》させると妖魔は復元することなく消え去った。

「よし、もう倒せるぞ」

それからは式神達の独壇場だ。

次々に倒されていく妖魔達を眺めながら、華は大きく息を吐いた。

「あ〜、疲れた……」

＊＊＊

最後の一つの呪具を、戻ってきた桔梗に渡す。

華さんが封じてしまったんですか？ と、ひどく驚いた顔をしていたが、そんなことを気にしている余力はなかった。

歩く力もなく、朔に抱きあげられて車に乗せられると、ぐったりと朔にもたれながら走る車の外に流れる景色を眺めた。

「朔、眠い……」

「寝てろ。あとのことは俺がするから」

「うん……」

そのまま眠りについた華が次に目覚めた時、世界は二日が経っていた。

華が起きると、心配そうに華を囲んでいた葵と雅がほっと表情を緩めた。

「よかったです、主様《あるじ》」

「全然目が覚めないから不安で仕方なかったんだぞ」

「ごめんね」

よしよしと頭を撫《な》でてやれば、葵は恥ずかしそうにしながらもされるがままでいた。

「主様、起きて早々申し訳ありませんが、主様に何度か電話がありました」

「電話？」

すっと差し出されたスマホを確認すると、登録されていない電話番号からだった。

双子の勘だろうか。すぐに葉月だと感じた華は、その番号にかける。


体力が回復した数日後、華は実家である一瀬家に来ていた。

紗江が嬉《うれ》しそうに出迎えてくれる。

「おかえりなさいませ、華様」

「あの人達は？」

「ご案内します」

華は懐かしいようでいて、まったく感傷に浸れない実家の母屋を歩き、両親がいる部屋に通された。

両親には今日来ることを伝えていなかったため、突然現れた華にひどくびっくりしていた。

「なにをしに来た。この親不孝者が！」

「今さら謝罪しに来たって遅いわよ。どうせ一ノ宮の家を追い出されてきたんでしょうけど、この家にもあなたの居場所はないわ。帰ってきたいと言っても許しませんからね」

開口一番、華の帰りを喜ぶどころか罵声《ばせい》を浴びせてくる両親を、華は鼻で笑った。

「この家に帰ってきたいなんて思うわけないでしょう。その自信はどこから来るのよ。馬っ鹿じゃないの」

心底馬鹿にした華の笑みに、父親は顔を真っ赤にして怒鳴る。

「親に向かってなんて口をきくんだ！」

「親らしいこともしてないのに私の親を名乗らないでよ！」

「なっ！」

思えばこれが初めて反撃した瞬間かもしれない。

ただただ言われる言葉を静かに聞いていた華は、彼らにとったら大人しい娘だっただろう。

本当に笑える話だ。

「ここに来たのは帰ってくるためじゃなく、最後の挨拶《あいさつ》をするためです」

「最後だと？」

いぶかしげな顔をする両親を冷たく見下ろしていると、部屋に葉月が入ってきた。

「あら、葉月、どうしたの？」

「まったく、葉月からも言ってやってくれ。この親を親とも思わない愚かで無能な娘に、身のほどをわきまえろと」

「身のほどをわきまえるのはお父さん達です」

「なんだと？」

「華は今や一ノ宮の当主の奥方です。仕えるべき主人に頭を下げるのはどちらか、そんなものは分家に生まれた者なら幼い子供でも知っていますよ」

葉月の初めての反抗と言ってもいいかもしれない。

目を大きくして信じられないという表情を浮かべる両親の顔がおかしくて、笑いを堪《こら》えるのが辛《つら》い。

「どうしたの、葉月。あなたまでおかしなことを言って」

「お父さん、お母さん。今日は私から言いたいことがあります」

「なんだ？」

改まった話し方に、両親も聞く態勢になると、葉月は笑顔で言い放った。

「私はお父さんの決めた方と結婚はしません」

最初なにを言われたのか分からなかったのか、少しの沈黙の後、父親は顔を真っ赤にした。

「なにを馬鹿な！　もう祝言の日取りまで決まっているんだぞ」

やはりか。顔合わせしたらすぐにでも結婚させるだろうと思っていたが、本当に実行するつもりだったようだ。

すでに下がりきったと思っていた彼らへの好感度がさらに下がっていく。

「それはお父さん達が勝手に決めたことです。私は自分で決めた相手と結婚したいです」

「我儘《わがまま》を言うんじゃない！　これは家のために必要な結婚だと言ったはずだ。お前はお父さん達の言う通り従っていればいいんだ！」

感じるのは失望と諦《あきら》め。

最後の希望も潰《つい》えたように、葉月の表情が落ち込んでいく。

口を挟みたい気持ちになったが、今は華が出るべきではないと我慢する。

葉月は暗い表情の中にも強い光を目に宿して、決してそらすことなく両親を正面から見据えた。

「私はこれまでずっとお父さん達の言う通り従ってきました。それが家のため、お父さんお母さんのため、華のため。そう思ってきたから」

「その通りだ。ちゃんと分かっているじゃないか」

表情を明るくする父親を葉月は睨《にら》みつけた。

「けど、そんなのもうたくさんよ！」

葉月の大きな声が部屋に響く。

きっと部屋の外まで聞こえているだろうなと思いながら、華は葉月の言葉に耳を傾ける。

「私がこれまで自分を押し殺して頑張ってきたのは、華のためよ！　華を養子に出すなんてお父さん達が言うから、華の分も頑張らなきゃって自分を騙《だま》してお父さん達の言いなりになってた。でもその結果がこれよ！　華は家を出て、私はほとんど知らないおじさんと結婚させられようとしてる」

葉月の勢いに両親は言葉もなく目をぱちくりさせていた。

「お父さんもお母さんも、一瀬の家のことばっかり。私達をちゃんと子供として見てくれたことはあった？　ないでしょう？　二人にとって子供は使い勝手のいい道具でしかなかった。いつも私に一瀬のために頑張れって言うけど、そもそもお父さん達が頑張れば済む話じゃない。自分達の力が弱いからって、その劣等感を私達に押しつけないでよ」

父親はなにか言いたいようだが、思うように言葉が出てこないようで口をぱくぱくとさせていた。

葉月の初めての反抗だ。

彼らには甘んじて受ける責任がある。

「私はこの家を出るわ。もう荷造りもしてきた」

部屋の外には大きなキャリーケースが三つほどあった。

それを見て葉月の本気を感じたのか、父親が慌て始める。

「そんな勝手は許さんぞ！」

「許してもらう必要なんてない。私はまだ学生だけどもう成人しているし、私を大事にしてくれないお父さん達の所にはいたくないから」

葉月は両手にキャリーケースを持つと、残りの一つを見て華に助けを求める。

「華、残りの一個持ってくれる？」

「うん、いいよ」

葉月の荷物を手にすると、二人は双子だと思わせる顔立ちでにっこりと両親に微笑んだ。

「バイバイ、くそじじい」

「バイバイ、くそばばあ」

そう言い捨てて部屋の戸を閉めると、クスクスと笑いながら両親が追ってくる前に急いで家を飛び出した。

「お幸せに、華様、葉月様」

紗江が柔らかな笑顔で手を振ってくれるのを背に、華と葉月は一ノ宮の車に乗って一瀬の家を後にした。


一ノ宮の屋敷では、朔が二人を待っていた。

「一瀬葉月です！　今日からよろしくお願いします」

「一ノ宮朔だ。歓迎する。自分の家と思って好きに過ごせ」

「はい！　ありがとうございます」

晴れ晴れとした葉月の笑顔に、華は嬉《うれ》しくなった。

まるで昔に戻ったような錯覚に陥る。

もう葉月の顔に暗く落ち込んだ雰囲気はない。

二人の手は幼い頃のようにしっかりと握られていた。

本書は書き下ろしです。
この作品はフィクションであり、実在の人物・地名・団体等とは一切関係ありません。

# 結《けつ》界《かい》師《し》の一《いち》輪《りん》華《か》2

クレハ

令和4年 9月25日　初版発行
令和5年 4月10日　8版発行

発行者●山下直久

発行●株式会社KADOKAWA
〒102-8177　東京都千代田区富士見2-13-3
電話　0570-002-301（ナビダイヤル）

角川文庫 23334

印刷所●株式会社KADOKAWA
製本所●株式会社KADOKAWA

表紙画●和田三造



●お問い合わせ
https://www.kadokawa.co.jp/（「お問い合わせ」へお進みください）
※内容によっては、お答えできない場合があります。
※サポートは日本国内のみとさせていただきます。
※Japanese text only


ISBN 978-4-04-112648-6　C0193

◆◇◇

# 角川文庫発刊に際して

角川源義

第二次世界大戦の敗北は、軍事力の敗北であった以上に、私たちの若い文化力の敗退であった。私たちの文化が戦争に対して如何に無力であり、単なるあだ花に過ぎなかったかを、私たちは身を以て体験し痛感した。西洋近代文化の摂取にとって、明治以後八十年の歳月は決して短かすぎたとは言えない。にもかかわらず、近代文化の伝統を確立し、自由な批判と柔軟な良識に富む文化層として自らを形成することに私たちは失敗して来た。そしてこれは、各層への文化の普及滲透を任務とする出版人の責任でもあった。

一九四五年以来、私たちは再び振出しに戻り、第一歩から踏み出すことを余儀なくされた。これは大きな不幸ではあるが、反面、これまでの混沌・未熟・歪曲の中にあった我が国の文化に秩序と確たる基礎を齎らすためには絶好の機会でもある。角川書店は、このような祖国の文化的危機にあたり、微力をも顧みず再建の礎石たるべき抱負と決意とをもって出発したが、ここに創立以来の念願を果すべく角川文庫を発刊する。これまで刊行されたあらゆる全集叢書文庫類の長所と短所とを検討し、古今東西の不朽の典籍を、良心的編集のもとに、廉価に、そして書架にふさわしい美本として、多くのひとびとに提供しようとする。しかし私たちは徒らに百科全書的な知識のジレッタントを作ることを目的とせず、あくまで祖国の文化に秩序と再建への道を示し、この文庫を角川書店の栄ある事業として、今後永久に継続発展せしめ、学芸と教養との殿堂として大成せんことを期したい。多くの読書子の愛情ある忠言と支持とによって、この希望と抱負とを完遂せしめられんことを願う。

一九四九年五月三日

ISBN 978-4-04-111883-2

ISBN 978-4-04-111777-4

# n《エヌ》回目の恋の結び方

## 上條一音

**不器用男女のじれキュンオフィスラブ!**

ソフトウェア開発会社で働く27歳の凪《なぎ》は、恋愛はご無沙汰気味。仕事に奮闘するものの理不尽な壁にぶつかることも多い。そんなある日、会社でのトラブルをきっかけに、幼馴染で同僚の圭吾《けいご》との距離が急接近する。顔も頭も人柄も良く、気の合う相手。でも単なる腐れ縁だと思っていたのに、実は圭吾は凪に片想いし続けてきたのだ。動き出す関係、けれど凪のあるトラウマが2人に試練をもたらし……。ドラマティックラブストーリー!

角川文庫のキャラクター文芸

ISBN 978-4-04-111795-8

ISBN 978-4-04-112399-7

# 大正幽霊アパート 鳳銘館《ほうめいかん》の新米管理人

竹村優希

**秘密の洋館で、新生活始めませんか?**

鳳《おおとり》爽《そ》良《ら》は霊が視えることを隠して生きてきた。そのせいで仕事も辞め、唯一の友人は、顔は良いが無口で変わり者な幼馴染の礼《れ》央《お》だけ。そんなある日、祖父から遺言状が届く。『鳳銘館《ほうめいかん》を相続してほしい』それは代官山にある、大正時代の華族の洋館を改装した美しいアパートだった。爽良は管理人代理の飄々とした男・御《み》堂《どう》に迎えられるが、謎多き住人達の奇妙な事件に巻き込まれてしまう。でも爽良の人生は確実に変わり始めて……。



ISBN 978-4-04-111427-8

# 聖女ヴィクトリアの考察

## アウレスタ神殿物語

**春間タツキ**

**帝位をめぐる王宮の謎を聖女が解き明かす!**

霊が視《み》える少女ヴィクトリアは、平和を司る〈アウレスタ神殿〉の聖女のひとり。しかし能力を疑われ、追放を言い渡される。そんな彼女の前に現れたのは、辺境の騎士アドラス。「俺が“皇子ではない”ことを君の力で証明してほしい」２人はアドラスの故郷へ向かい、出生の秘密を調べ始めるが、それは陰謀の絡む帝位継承争いの幕開けだった。皇帝妃が遺した手紙、20年前に殺された皇子――王宮の謎を聖女が解き明かすファンタジー！

角川文庫のキャラクター文芸

ISBN 978-4-04-111525-1